UMZIPS Vol. 01

내가방에두고싶은
판타지아

김윤지

Kalon

작가의 말

어린 시절, 꿈이 뭐냐는 질문에 어떤 대답을 하셨나요?

저는 작가가 되고 싶었습니다. 글쓰기를 좋아해 매일 일기를 썼고, 친구들에게 편지도 자주 썼고, 혼자 시와 소설도 쓰곤 했지요. 하지만 작가가 되기에는 아주 큰 문제가 있었습니다. 그것은 바로, 특별한 재능이 없다는 것이었죠.

대학원 졸업 후 마케팅 리서치 회사에 들어갔습니다. 그 회사에 입사한 이유는 단 하나였습니다. CJENM 영화 조사하는 곳. 블라인드 시사회, 시나리오 모니터링, 영화 마케팅 FGD, 영화 흥행 예측을 위한 위클리 조사 등을 하며 영화를 미리 보고 분석할 수 있어서 좋았습니다. 그런 일이 글 쓰는 데 도움 되리라 생각했죠.

회사를 다니던 9년 동안 틈틈이 소설과 시나리오를 습작했지만, 이렇다 할 성과는 없었습니다. 재능도 없는데, 반쪽짜리 노력으로 작가가 될 리 만무했지요.

삼십대 중반을 넘어서자, 작가가 되고 싶다는 꿈이 반쯤 접혔습니다. 그래서 다른 꿈이었던 세계여행을 해보기로 결심했습니다. 여행 블로

거나 유튜브 크리에이터가 돼보자는 생각도 있었지요.

2019년 7월 야심 차게 떠났고, 코로나19 때문에 8개월 만에 돌아왔습니다. 블로그에 여행기도 올려보고 브런치에 에세이도 써보고 유튜브에 영상도 올려봤지만, 조회수가 미미하더라고요. 다시 복직해야 하나 고민했는데, 이왕 놀기로 한 거 좀 더 놀아 보기로 했습니다. 글을 쓰면서요.

저는 아직 스스로를 작가라고 소개하기 민망합니다. 제가 생각하는 작가는 신춘문예나 큰 공모전을 통해 화려하게 등단하고, 예술에 혼신을 다하며, 자기 주관과 작품 세계가 뚜렷한 사람이기 때문이죠.

그렇다면 저를 어떻게 소개해야 할까요?

감상자에서 분석자였다가 창작자가 됐으니, '이야기 창작자' 정도가 적당할 것 같습니다.

저는 나다운 게 무엇인지, 내가 진정으로 하고 싶은 말이 무엇인지 계속 고민하고 있습니다. 그래도 글 쓰며 하나 확실해진 것은 나도 긍정하고 남도 긍정할 수 있는 사람이 되고 싶다는 점입니다.

예전에는 나와 타인의 부족하고 잘못된 점을 찾는 데만 급급했는데,

이제는 함께 해서 더 나아질 방향을 보고자 합니다. 아무도 완벽할 수 없고, 혼자서 다 할 수는 없으니까요.

습작이 책이 되도록 도와주신 모든 분께 감사드립니다. 그리고 이 글을 읽는 당신께는 부담스럽지 않을 정도의 애정을 드립니다. 소중한 시간을 여기에 써 주고 계시니까요.

제가 여러분의 호의에 답하는 것은 계속 성장하는 창작자가 되는 것으로 생각합니다. 당당히 '작가'라고 소개할 수 있는 날이 빨리 오도록 노력하겠습니다. 재능이 부족한 만큼 겸손한 자세로 꾸준히 나아가겠습니다.
감사합니다.

2023년 마지막에서 두 번째 달
UMZI Creative Lab.
김윤지 드림

차례

003　작가의 말

단편소설

008　V

048　줌 줌

096　요람의 괴물

단편영화 각본

134　뉴노멀 V

162　메데이아의 딸

208　함께한 사람들

단편소설

V

쾅, 방문 닫히는 소리가 집안을 울렸다. 은주는 자기도 성질 나는 대로 소리치고 싶었지만, 마지막 남은 인내심을 긁어 모아 겨우 참았다. '일부러 저러는 게 아니다', '사춘기 시절 한 때일 뿐이다', '나도 그랬잖아' 등 지침서 문장을 하나씩 곱씹었다. 전부 수긍되는 것은 아니었으나 마음의 불길을 잡는 데 어느 정도는 도움 됐다. 그러나 아무리 생각해 봐도 방금은 민소의 잘못이 컸다.

민소는 집에 오자마자 보호 헬멧과 장갑을 아무렇게나 벗어 던지고 화장실로 들어갔다. 은주는 바닥에 구르는 헬멧을 집어 들었다. 이런 문제로 매번 말다툼한다면 인생이 고달팠기에 심호흡을 깊게 하며 마음을 달랬다. 그러다 헬멧의 달라진

점이 눈에 들어왔다. 뒤통수 쪽에 긴 흠집이 나 있었다. 언제 이렇게 됐지? 만질만질한 흰색 코팅이 거칠게 벗겨져 있었다.

민소가 다친 건가 싶어 심장이 쿵쾅댔다. 은주는 헬멧을 들고 화장실 앞으로 갔다. 세면대 물소리가 들렸다. 민소가 나오길 기다렸다. 너무 오래 걸린다 싶을 때쯤, 문이 열렸다. 민소가 '엄마야'를 외치며 소스라치게 놀랐다. 은주가 앞에 있을 줄은 상상도 못 한 모양이었다. 은주는 민소의 얼굴을 보고 '헉' 하고 숨을 토해냈다. 손에 힘이 풀려 들고 있던 헬멧이 바닥으로 쿵, 굴러 떨어졌다. 은주는 단걸음에 달려가 민소의 볼을 붙잡았다.

"너, 왜 이래?" 은주의 목소리가 심하게 떨렸다. 민소의 왼쪽 눈 주변이 검퍼렇게 멍이 들어있었다. 민소가 몸을 뒤로 빼며 고개를 숙였다. 머리카락이 얼굴을 가렸다. "아무것도 아니야." 담담한 말투였다. 은주는 화가 났다. 저도 모르게 언성이 높아졌다. "뭐가 아무것도 아니야!" 빽 내 지르는 소리에 민소가 몸을 움츠렸다. 오늘 생긴 멍이 아니었다. 그동안 왜 눈치를 못 챈 것인지 자책감이 들었다.

"언제 이런 거야? 누구랑 싸웠어? 맞은 거야?" 민소는 입을 꾹 다문 채 요지부동이었다. 약이라도 발라주려고 했는데, 그마저도 자기가 할 거라며 고집을 부렸다. 은주는 민소의 이해할 수 없는 행동에 약이 바짝 올랐다. 은주는 민소 손목을 잡고 거실로 끌고 갔다.

"경찰 부를 거야." 그렇게 해서라도 범인을 알아내고 싶었다. 손등에 따끔한 통증이 느껴졌다. 손에 힘이 풀렸고, 그 틈을 타 민소가 손을 빼고 자기 방으로 쑥 들어가 버렸다. 그게 방금 전 일이었다.

은주는 지침서 마지막 문장을 떠올렸다. '제 삼자의 입장으로 보세요. 그렇게 화를 낼 만한 일인가요?' '어'라고 대답하고 싶었지만, '아니'라고 마음을 고쳐 먹었다.

손등이 화끈거렸다. 민소가 만든 손톱 자국을 따라 피부가 벌겋게 부어 올랐다. 살갗이 벗겨져 핏방울이 맺힌 걸 보자 열이 뻗쳤다. 티슈를 뽑아 손등에 대고 지그시 눌렀다. 뒤늦은 통증에 눈물이 핑 돌았다. 곧 중학생이 되는 아이는 낯선 사람이 된 것만 같았다.

브이가 된 걸까? 머리카락이 쭈뼛 섰다. 만에 하나, 브이가 된 거라면 신중해야 했다.

'여보, 애들 그 나이 되면 다 그래. 그냥 사춘기야 사춘기. 정말 브이인 애들은 말대꾸도 안 해. 바로 주먹 날아오는 거지. 민소는 괜찮으니까 너무 걱정하지 마. 당신이 좀 예민하잖아. 그러니까 애가 더 까탈스럽게 구는 거라고. 이럴 때는 그냥 묵

묵히 믿고 지켜봐 주는 게 최고야.'

남편이 지금 상황을 겪어도 이런 말을 할지 궁금했다. 은주는 소파에 앉으며 짧은 숨을 토했다.

오늘 아침 받은 문자는 음성이었다. 전국 초중고교는 매달 마지막 날 전교생을 대상으로 브이 바이러스 검사를 했다. 학교에 다니지 않더라도 만 10세부터 20세까지는 보건소에 가서 검사를 받는 게 의무였다. 음성이면 다음 달 5일 지자체와 학교 및 가정으로 결과가 통보됐다. 양성이면 1일부터 4일 사이 보건국 사람들이 감염된 아이들을 데려갔다. 아니, 잡아갔다. 그러니 5일에 오는 통보는 뒤늦은 알람이었다.

은주는 소파 등받이에 기대 휴대전화를 집어 들었다. 최근 통화 목록에는 셋이 전부였다. 딸과 남편이 번갈아 있었고, 간간이 준혁 엄마가 껴 있었다. 목록을 내려 준혁 엄마를 눌렀다. 누군가에게 털어놔야 마음이 좀 풀릴 것 같았다. 신호음 대신 휴대전화가 꺼져 있으니 나중에 다시 걸어 달라는 안내 음성이 나왔다. 문자를 보내려다 다음 주 월요일에 나올 거라고 했던 말이 기억났다.

징, 휴대전화가 떨렸다.

안녕하세요, V 관리국입니다. 설명회의 오프라인 참석자로 선정되었으니, 일시와 장소 확인 후 시작 10분 전까지 도착 부탁드립니다.

일시: 202X년 10월 6일 오후 2시

장소: XX 구청 대강당

  은주는 휴대전화 뒷면의 카드 지갑을 열어 명함을 꺼냈다. 정중앙에 있는 볼록한 로고를 따라 손가락을 왔다 갔다 움직였다. '궁금하면 거기 전화해 봐요.' 준혁 엄마가 어제 했던 말이 귓가에 맴돌았다.

  유난히 무더웠던 2년 전 여름, 태풍은 한반도의 밑이나 위로만 지나갔고 더운 공기는 흩어지지 못한 채 전국을 무겁게 짓누르고 있었다. 은주가 사는 19층 아파트 창문은 활짝 열리지도 않았고, 열 일도 없었다.

  창밖으로 무언가 훅 스쳤을 때 비둘기라고 여겼다. 아니면 큰 까마귀이거나. 그것 말고는 19층에서 보일 만한 게 없었다. 별거 아니겠거니, 하며 핸드 드립 커피에 뜸을 들였다. 그런데 또다시 무언가 휙, 지나갔다. 아니, 떨어졌다. 떨어졌다는 것은 소리 때문에 알았다. 처음에는 그렇게 크지 않았는데, 두 번째는 커다란 망치로 땅을 쾅 때리는 느낌이었다.

새가 아니다. 은주는 그 생각에 사로잡혔다.

드리퍼에서 첫 커피 방울이 떨어지고, 커피 향이 한층 더 진하게 퍼졌다. 포트의 물을 네 번에 걸쳐 공들여 따랐다. 다 내려진 커피를 잔에 따라 한 모금 마셨다. 진한 카페인으로 몸 구석구석이 깨어나는 것 같았다. 은주는 커피잔을 들고 창가로 갔다. 사람들 정수리가 아득했다. 하지만 똑똑히 보였다. 경찰 통제선 밖의 구경꾼들과 그들을 막는 경찰들, 흰 천을 덮은 들것 두 개와 구급차 세 대. 은주는 밖의 광경에서 눈을 떼고 싶었지만 그러지 못했다.

오후에 경찰이 찾아왔다. 떨어진 사람은 윗집 부부였고 피의자는 그 집 고등학생 아들이었다. 경찰은 꼬치꼬치 캐물었다. 체구가 작고 순하게 생겼던 그 아이, 주말에 마주칠 때 먼저 꾸벅 인사하던 아이였다. 은주는 새벽의 거실 화장실에서 들리던 울음소리를 기억했다. 하지만 말하지 않았다. 매일 그런 것도 아니었고, 윗집이 아닐 수도 있으니까.

은주는 그날 민소의 하교 알람을 들은 후에야 엘리베이터를 탔다. 평소에는 알람이 울리기도 전에 아파트 정문을 지나던 것에 비하면 매우 늦은 출발이었다. 종종걸음으로 정문을 향해 가는데 뒤에서 '저기요' 하는 소리가 들렸다. 민소네 학교 앞에서 몇 번 본 여자였다. 화장기 없고 수수한 옷차림에 새치가 있는 머리를 하나로 질끈 묶은 40대 중반쯤 된 여자였다. 그 여자는 자기를 민소와 같은 반인 준혁의 엄마로 소개한 뒤 대뜸 이렇게 말했다.

"그 상태로 가려는 건 아니시죠?"

"뭐라고요?"

은주의 퉁명스러운 말에 여자가 슬쩍 시선을 피했다.

"안색이 너무 안 좋아서……. 민소가 불안해할까 봐요. 애들이 원래 엄마 기분에 예민하잖아요."

은주는 가까이 있던 택배 차 유리에 자기 모습을 비춰봤다. 여자의 말이 아주 맹랑한 소리는 아니었다.

"괜찮으시면 제가 민소랑 준혁이 데리고 올 테니까 놀이터에 잠깐 계세요. 준혁이한테 들었는데 둘이 친하대요."

"몇 동 사세요?"

여자가 잠시 뜸을 들이더니 턱으로 건너편 아파트를 가리켰다.

"저기 살아요. 106동."

평소라면 절대 그러지 않을 테지만 은주는 여자의 제안을 받아들였다.

여자가 나갈 수 있게 출입문을 열어준 후 놀이터 벤치에 앉았다. 딱딱하게 굳은 얼굴 근육은 쉽게 풀리지 않았다. 웃을 때마다 윗집 고등학생이 생각났다. 어쩌다 그랬을까? 브이였겠지? 언제부터? 귀에서 째깍째깍 초침 소리가 들리는 것 같았다. 참지 못하고 약병에서 알약을 하나 꺼내 삼켰다. 불안을 이기기 위한 방법이었다.

잠시 후 여자가 민소와 어떤 남자아이의 손을 잡고 돌아왔다. 아이들은 해맑게 웃으며 그네를 탔다. 은주는 앞뒤로 왔다 갔다 하는 민소를 보며 시간이 너무 느리다고 생각했다.

브이 바이러스는 만 10세부터 발현됐다. 일 년 반 뒤가 본격적인 악몽의 시작이었다. 은주는 눈을 감고 숨을 들이쉬었다. 공기가 뜨겁고 축축했다.

"앗, 차가워." 손등에 닿은 감촉에 정신이 번쩍 들었다. 준혁 엄마가 캔 커피를 내밀고 있었다. 차가운 캔은 잠깐이지만 열기를 식혀줬다.

"우리 잘 이겨내 봐요."

은주는 준혁 엄마의 그 말이 퍽 고마웠다.

1시 20분. 은주는 엘리베이터에서 내려 아파트 정문으로 걸어갔다. 시간은 아직 여유로웠다.

은주는 어제 퇴근한 남편에게 애와 이야기를 좀 해보라고 옆구리를 찔렀다. 남편은 한 시간 정도 민소의 방에 있다가 왔으면서 무슨 이야기를 했는지 상세히 말해주지 않았다. 그냥 '걱정 마, 별일 아니래.'가 끝이었다.

은주는 화가 머리끝까지 났지만, 어쩔 수 없었다. 남편은 싸움이 되지 않는 상대였다. 그는 은주의 걱정을 사소한 투정이나 근시안적인 태도로 치부해 버렸다. 이럴 때는 혼자 애를 키우는 준혁 엄마와 뭐가 다를지 싶었다.

건널목 맞은편 준혁이네 아파트 단지 입구가 보였다. 작년까지만 해도 거기에는 커다란 소나무 두 그루가 장승처럼 듬직하게 서 있었다. 하지만 통행권에 방해된다는 이유로 지금은 흔적도 없이 사라지고 말았다. 소송을 낸 곳은 은주네 아파트였다. 준혁 엄마는 그 소문을 전하며 너무하다고 입을 삐죽댔다. 은주도 그렇게 생각했다. 나무는 아무 잘못도 없었다. 싫은 건 사람이겠지. 하지만 그 말을 입 밖으로 내지는 않았다.

"씨발. 나 어제 서아한테 맞았어."

저도 모르게 고개가 돌아갔다. 중학교 1학년 정도 돼 보이는 여자아이 둘이 옆에 와 섰다. 신호등은 아직 붉은색이었다.

"왜?"

슬쩍 본 보호 헬멧 속 얼굴이 천진했다. 아이들은 헬멧의 스피커 볼륨을 낮추지도 않고 말을 이어갔다.

"하은이 이 미친년이 내가 서아 욕하고 다녔다고 한 거야."
"어이없네."
"학교 끝나고 오라고 해서 갔는데 발로 까이고 싸대기 맞았어. 아니라고 했는데, 씨발."

은주는 심장이 철렁했다. 위험하게 밖에서 헬멧을 벗는다고? 하지만 더 놀라운 것은 아이들의 태도였다. 맞았다는 애가 왜 그렇게 태연한 것인지, 옆에서 듣는 애는 왜 그리도 무심한 것인지. 대신 나서서 억울해하고 달래 주고 싶었다.

"하은이한테도 때리라고 해서 그년한테도 싸대기 맞았어."
"와, 좆같네."

좆같다. 그게 끝이었다. 친구가 억울하게 맞았는데도 '좆같다'는 한마디로 상황을 정리해 버렸다. 혹시 민소도 친구가 저런 반응이어서 입을 닫은 게 아닐까. '준혁이라면…'이란 생각이 들었지만, 이내 고개를 저었다.

새 학년이 되면서 둘은 사이가 멀어졌다. 하루는 민소가 물었다. '엄마, 엄마가 준혁이 엄마한테 나랑 놀지 못하게 하라고 했어?' 은주는 '아니'라고 했다. 실제로 그런 말을 한 적은 없으니까. 하지만 민소는 믿지 않는 눈치였다.

신호등이 초록으로 바뀌었다. 은주는 아이들을 빠르게 지나쳤다. 민소에게 좋은 친구를 만들어 주지 못한 게 후회됐다.

모퉁이만 돌면 강당 입구와 가까운 구청 뒷문이었다. 어깨에서 흘러내리는 숄더백을 추켜 올리며 몸을 왼쪽으로 틀었다. 퍽 소리와 함께 몸이 휘청거렸다. 숄더백이 땅에 떨어졌다. 남자 고등학생 무리였다. 부딪힌 아이가 대수롭지 않다는 표정으로 멀어졌다. 바닥에 티슈, 파우치, 휴대전화가 뒹굴었다. 은주는 짜증을 누르며 쏟아진 물건을 차분하게 주워 담았다. 익숙한 감정이 올라왔다. 가만 생각해 보면 예전에 자신이 학생이던 시절도 지금과 별 차이 없이 거칠고 무서웠다.

강당은 이미 사람들로 가득했다. 은주는 얼마 남지 않은 빈자리 중 구석진 곳으로 갔다. 강당에는 커다란 플래카드가 붙어 있었다.

'우리가 힘을 합치면 이길 수 있습니다, V.'

은주는 그 모든 문구가 거슬렸다.

브이는 폭력을 뜻하는 '바이올런스'의 준말이었다. '브이로 시작하는 단어'하면 승리의 빅토리를 먼저 떠올리고 사진 찍을 때 습관처럼 검지와 중지를 세운 모양으로 '브이'하며 웃던 때가 있었다. 하지만 그것은 이제 역사의 기록일 뿐이었다. 브이는 승리도 친근함의 표시도 아닌, 공포와 혐오의 상징이 됐다.

처음에는 매년 조금씩 늘어나는 폭력 사건인 줄 알았다. 심상치 않다는 것을 느꼈을 때는 이미 문제가 커진 후였다. 서울, 부산, 인천, 대구 등 큰 도시를 넘어 철원, 상주, 문경, 태백 같은 작은 마을에서도 십대들이 심각한 폭력 사건으로 입건됐다. 전 세계적인 현상이었다.

은주는 그 시기에 엄마가 됐다. 불안감에 미칠 지경이었다. 뉴스 채널을 지우고 외부와 접촉을 최소로 줄였다. 은주는 지인들의 걱정이 불편했다. 걱정하는 그 말이 불행의 씨앗이 될 것만 같았다. 은주는 모든 연락을 차단하고 혼자 지냈다.

그나마 희망이 생긴 것은 민소가 돌이 되던 무렵 인도의 젊은 박사 '마헤쉬 칸'이 십대 폭력성 원인인 브이 바이러스를 찾아 낸 후였다.

브이 바이러스는 도파민 수용체 중 제4형 유전자인 D4DR을 매우 길게 변형시켰다. 그것이 도파민과의 결합력을 약하게 만들고, 쾌감을 위해 더 강한 자극을 찾게 했다. 그들은 고통이나 신체적 느낌에 덜 민감하고, 공격적이고 모험적인 자극을 추구했다. 게다가 폭력을 행하는 데 거리낌, 죄책감, 두려움이 없어 보였다.

마헤쉬 칸은 이 바이러스가 십대들을 무자비한 전사로 만든다고 했다. 옛날 대제국을 건설한 칭기즈 칸이나 알렉산더 대

왕이나 티무르 대제나 키루스 대왕처럼 아픔이나 죽음을 두려워하지 않고 앞서 싸우는 사람들.

마헤쉬 칸은 브이 바이러스 검사 키트를 만들어 전 세계에 보급했다. 가격을 저렴하게 책정했지만, 수시로 검사하다 보니 밑 빠진 독에 물 붓기나 마찬가지였다. 가장 큰 문제는 감염 경로를 찾지 못한 것이었다. 호흡기, 피부, 식음료 등으로는 전염되지 않았다. 중간 매개체가 있을 거라는 가설에 모기나 벼룩, 강아지나 고양이, 쥐나 바퀴벌레 같은 것들을 조사했지만 끝이 보이지 않았다.

사람들은 각자 아는 수준으로 바이러스를 예방했다. 헬멧, 장갑, 보호 의류, 검증되지 않은 예방약과 치료법 등이 우후죽순 퍼졌다. 정부는 시판되는 모든 제품이 전혀 효능 효과가 없다고 했지만, 안티 브이 시장은 커져만 갔다. 그나마 다행인 점은 성인이 되면 감염자의 폭력성이 일반 수준으로 낮아진다는 것 뿐이었다.

"아, 아. 마이크 테스트."

정장을 입은 남자가 강단 마이크 앞에 섰다. 웅성거림이 일순간 멈췄다.

"안녕하십니까. 브이 바이러스 정책 설명회에 참석해 주셔서 감사합니다. 내년부터 변경되는 정부와 교육부 운영 지침을 안내해 드리겠습니다."

남자는 자신을 정책 홍보 팀 대리라고 소개했다. 맥없는 박수 소리가 산발적으로 들렸다.

"이 차트를 보셨을 겁니다."

대형 화면에 두 개의 꺾은선 그래프가 나왔다. 준혁 엄마가 몇 달 전 보여준 것이었다. 세로축을 따라 파란 선은 점점 하락했고, 빨간 선은 파란 선이 낮아진 만큼 높아졌다. 그러다 두 선은 결국 만났고, 빨간 선이 파란 선을 역전했다.

"브이 바이러스 감염 누적률이 이번 달에 벌써 51.9%가 됐습니다. 올 3월부터 감염자 증가 속도가 매우 가파르게 상승했고, 지금 같은 추세라면 연말에는 약 65%의 십대가 브이 바이러스에 감염되리라는 예측이 나왔습니다."

여기저기에서 탄식이 터져 나왔다.

"아시다시피 격리 공간 부족 문제는 매년 제기되어 왔습니다. 근무 인력 부족도 마찬가지죠. 이전 정부에서 해왔던 공간 늘리기 식 대응은 이제 불가능합니다. 우리의 목표는 같습니다. 비감염자 아이들을 안전하게 지키자. 그래서 저희는 목표는 같되, 방법을 달리하기로 했습니다."

대형 화면의 이미지가 대통령과 십대들이 어깨동무하고 있는 사진으로 바뀌었다. 대리는 조금 뜸을 들이더니 낮은 목소리로 한 단어 한 단어 힘을 주어 말했다.

"앞으로 비감염 아이들은 철저한 코호트 공간에서 보호될 것입니다. 감염 경로가 밝혀지고 백신이 개발될 때까지 혹은 성인이 되어 폭력성이 낮아질 때까지 개별 생활을 하고 어떤 생물과도 일절 접촉할 수 없게끔 할 것입니다. 살균 소독된 식단과 의복을 제공하고, 맞춤 의료 서비스를 받게 될 것입니다. 코호트 격리가 우리의 비감염 아이들을 안전하고 완벽하게 보호할 것입니다."

장내가 술렁였다.

"공간이 부족해 브이를 밖으로 꺼내고, 정상적인 애들을 감금하겠다는 건가요?"

대리가 난감한 미소를 지었다.

"이해를 잘 못 하신 것 같은데, 저희는 최고의 서비스로 보호하겠다는 것입니다. 온라인으로는 언제든지 자유롭게 소통할 수 있습니다. 그리고 오해의 소지가 있으니, 감금이라는 단어는 삼가시기를 바랍니다."

"불안해서 어떻게 살라는 거예요?"

"그냥 애를 집에서 키우고 싶은 사람은요? 거기 갔다 오면 애들이 이상하게 변한다던데."

성인이 된 브이들은 폭력성이 낮아졌다는 소견을 받으면 집으로 돌아올 수 있었다. 하지만 그들은 부모와 심각한 소통 문제를 겪었다.

은주는 준혁 엄마와의 만남을 떠올렸다. 주말 동안 연락이 안 돼 집까지 찾아간 다음 월요일이 되고 나서야 전화가 왔다. 준혁이 급하게 병원에 입원했다고 했다. 많이 다쳤냐는 말에 대충 얼버무리더니 전화를 빨리 끊으려 했다. 은주는 잠깐 보자며 준혁 엄마를 붙잡았다. 확인할 게 있어서였다. 둘은 아파트 앞 상가 커피숍에서 만났다.

"준혁이 어떻게 된 거예요?"

준혁 엄마의 입꼬리가 움찔거렸다. 은주가 차분하게 말을 이었다.

"연락 안 돼서 걱정했어요."

"고마워요."

정말 고마운 것은 아닌 듯했다.

"이거요."

은주는 가방에서 구겨진 전단을 꺼냈다. 특별한 V 당신을 위한 하나뿐인 선물.

"브이가 된 거예요?"

준혁이네 현관 앞 쓰레기 봉투에서 발견한 것이었다. 반투명 비닐에 비치는 붉은 브이가 너무 선명해 꺼내 볼 수밖에 없었다. 준혁이 브이가 됐다면 민소도 감염됐을지 모를 일이었다. 준혁 엄마가 헛기침을 몇 번 하더니 입을 열었다.

"민소 엄마. 나 민소 엄마랑 진짜 친하다고 생각했어요. 정말 순수하게."

"나도 그래요."

"그러니까 말해 줄게요."

"네. 솔직하게 말해요."

"정말 고민 많이 했는데……. 우리 준혁이를 위해서는 이게 최선이더라고요."

준혁 엄마의 눈이 촉촉해졌다. 은주는 눈앞이 캄캄해졌다. 브이가 됐구나.

"민소 엄마, 브이 컨설팅이라고 들어 봤어요?"

"네?"

이야기가 다른 데로 새는 것 같았다.

"브이들을 관리해 주는 거예요. 성공하게끔."

무슨 소리인가 싶었다.

"지금껏 브이 컨설턴트라는 사람을 대여섯 명 정도 만나봤거든요. 그런데 다들 사기꾼이었어요."

"방송에 나오는 게르마늄 헬멧이나 은 나노 팔찌 같은 거 말하는 거예요?"

"아니, 아니. 그런 거 말고, 컨설팅. 폭력성을 다스리고 성취욕을 키워 능력을 발휘하게 도와주는 거예요."

은주는 인상을 썼다.

"나도 처음에는 거부감이 들었거든요. 그런데 잘 생각해 보면 그렇게 나쁜 것도 아니더라고요. 브이가."

준혁 엄마가 은주 쪽으로 몸을 기울였다.

"문제는 폭력성을 진취성으로 어떻게 바꾸냐 인데, 제대로 된 브이 컨설팅은 그게 가능하대요. 진짜는 딱 하나인데 그 정보 알아내는 게 보통 일이 아니거든요."

"지금껏 한 번도 이런 이야기 한 적 없었잖아요."

준혁 엄마가 난감한 기색을 보였다.

"민소네는 돈 있잖아요. 브이가 된다 해도 좋은 시설로 보낼 수 있는데 무슨 걱정이에요. 우리 준혁이는 그렇지 못하니까 이것저것 알아본 거죠. 그리고 비공식 통계에서 브이 바이러스 감염률이 집값이랑 아버지 직업에 따라 다르대요. 계산해 보니까 민소는 우리 준혁이보다 브이 바이러스에 걸릴 확률이 50%나 낮더라고요."

"그런 거 다 뜬소문이잖아요."

은주의 날 선 반응에 준혁 엄마가 입을 다물었다. 은주는 머쓱해져 찻잔을 만지작거렸다.

"그러니까 제 말은, 바이러스에 걸리는 위험성이라는 거. 통계적으로 그렇다 치더라도 저도 준혁 엄마랑 똑같이 걱정되고 불안하다는 거죠. 알잖아요. 우리 윗집… 그렇게 된 거."

"그 애 브이 아니래요."

"네?"

"브이 때문에 그렇게 됐다고 말 맞춘 거래요."

"그게 무슨 말이에요?".

"브이가 그랬다는 게 더 편하니까요. 보통 애가 그랬다면 사람들이 사생활 파고 다녔을 거 아니에요. 그럼 귀찮아지니까."

은주는 준혁 엄마가 다른 세상 이야기를 하는 것만 같았다.

"어쨌든 민소 엄마, 중요한 건 내가 진짜를 만났다는 거예요."

준혁 엄마가 미소를 지었다. 그러고는 명함 하나를 내밀었다. 검정 바탕에 볼록한 흰색 V가 정중앙에 박혀 있었다.

"민소 엄마 혼자만 알고 있어요. 진짜 고급 정보니까."

은주는 명함을 뒤집었다. 제이든이라는 이름과 휴대 전화번호 열한 자리가 고딕체로 새겨 있었다.

"그래서 준혁이는 어느 격리소로 갔어요?"

"병원에 있어요."

은주가 멀뚱히 준혁 엄마를 바라봤다.

"다음 주 월요일에 퇴원할 거예요."

"퇴원요?"

준혁 엄마가 일어섰다.

"이제 그만 가야겠어요. 궁금하면 거기 전화해 봐요."

은주는 멀어지는 준혁 엄마를 바라봤다. 걸음걸이가 눈에 띄게 달라져 있었다. 보폭이 크고 시원시원했다. 키도 좀 커진 느낌이었다.

짝, 스피커에서 나온 대리의 손뼉 소리에 은주는 정신을 차렸다.

"앞으로 발언권을 얻은 분만 말씀하시겠습니다."

누군가 손을 들었다. 잘 차려입은 여자가 화면에 송출됐다.

"감염자가 계속 증가하는 상황에서 비감염자 애들만이라도 확실히 보호하는 게 적절하다고 봐요. 비용은 모두 국가에서 지원해 주는 거지요?"

대리가 고개를 끄덕이며 '물론이죠.'라고 대답했다. 그 옆 사람이 다음 발언권을 얻었다.

"감염자라고 해도 증상이 없는 애들이 더 많다면서요. 걱정하는 것보다 덜 위험할지도 모르잖아요? 자극하지만 않으면 괜찮을 것 같아요."

말이 다 끝나지 않았는데 여기저기서 손이 올라왔다. 몇몇은 자리에서 일어나기까지 했다.

"별 미친 소리 하고 자빠졌네."

누군가 소리쳤다. 맞다, 그래, 하는 동의가 터져 나왔다. 말을 꺼낸 남자가 일어섰다.

"그놈들 손에 죽은 사람들이 얼마나 많은데 사회 복귀를 시켜?"

드르륵, 의자가 밀리며 은주 옆자리 남자가 일어섰다. 시선이 이쪽으로 모였다.

"범죄를 저지른 애들은 소년원에 있어요. 지금 격리된 애들은 양성이라는 이유만으로 갇혀 있는 거고요. 제대로 알지도 못하면서 큰소리치지 마십시오."

멀리 있는 남자가 보란 듯 목청을 높였다.

"까놓고 말해 그런 괴물들 키우는데 내 세금이 낭비되는 거 반대입니다."

은주는 인상을 썼다. 불편한 상황이 되게 만든 것은 운영 쪽의 문제였다. 대리가 뒤늦게 중재에 나섰다.

"여러분, 원활한 진행을 위해 개인적 의견을 나누지 않겠습니다. 추가 질문이나 의견은 누리집 게시판을 이용해 주십시오. 그럼, 지금부터 구체적인 실행안을 말씀드리겠사오니, 나

뉘드린 유인물 참고 부탁드립니다."

어느새 강당은 뒤쪽까지 꽉 차 있었다. 은주는 '죄송합니다'와 '잠시만요'를 연발하며 문으로 조금씩 다가갔다.

밖으로 나와 휴대전화 화면을 켰다. 휴대전화 번호를 눌렀다. 이미 외워버린 명함의 숫자였다. 뚜르르 신호음이 갔다.

"편하게 제이든이라고 부르세요."

일정을 몇 번이나 변경해 금요일 새벽 6시라는 일반적이지 않은 시간에 약속을 잡았다. 장소는 강남의 시큐리티 미팅룸이었다.

"선물입니다."

제이든이 투명 비닐에 든 화분을 테이블 위로 조심스럽게 올렸다.

"저희가 개발한 유전자 조합 식물입니다. 시장에 브이 바이러스 예방용 약이다, 저주파 치료기다, 나노 패치다, 등등 뭐가 많잖아요. 아시죠? 다 효과 없는 거. 하지만 이건 폭력성 완화에 확실한 효과가 있습니다. 허브의 독특한 향이 뇌 기능 활성화에 도움을 준다는 연구 결과를 바탕으로 만든 거니까요. 식약처와 FDA 승인만 받으면 되는데, 번식이 워낙 까다로워 대

량생산이 어렵네요. 그래서 저희 고객들 선물용으로만 쓰고 있습니다. 안에 설명서 있으니 읽어 보시고, 잘 키우세요. 죽이지 마시고요."

특별한 V 당신을 위한 하나뿐인 선물.

알고 있는 그게 맞았다.

"비밀 유지 서약서 읽어 보시고, 사인하시면 바로 상담 시작하겠습니다."

은주는 빠르게 사인했다. 주어진 시간은 한 시간 뿐이었다.

"저희 빅토리 그룹에 대해서는 좀 알아보셨습니까?"

"아뇨. 정보가 없던데요."

그가 회사 소개서를 건넸다. 표지를 넘기자, 필기체로 쓴 Going to the Better Future라는 문장과 오른쪽 아래에 '王偉', 왕 웨이라는 서명이 있었다.

"중국 회사인가요?"

"CEO가 중국계이긴 하지만, 다국적 기업입니다. 뒷장에 계열사 소개가 있습니다."

생명공학연구소, 제약사, 식품 제조사, 전자제품 제조 및 판매사, 금융사, 엔터테인먼트사 등 손대지 않는 분야가 없어 보였다. 국내 굴지의 대기업 로고도 보였다. 듣지도 보지도 못한 곳이 이렇게나 큰 그룹이었다니. 은주는 앞에 앉은 남자가 무슨 말을 할지 좀 더 궁금해졌다.

"저희 빅토리 그룹은 최근 10년간 인수합병으로 사업 영역을 넓혀왔습니다. 하지만 일부러 전면에 나서지는 않았죠."

그는 말을 멈추고 계열사 중 한 곳의 로고를 짚었다. 자기 꼬리를 물고 있는 뱀인 우로보로스 원 안에 두 개의 브이, 더블유 모양이었다.

"여기가 저희 모태입니다."

은주의 놀란 표정에 제이든이 옅은 웃음을 띠었다.

"맞습니다. 저희는 더블유 연구소에서 시작됐습니다."

"왕 웨이랑 마헤쉬 칸은 무슨 관계가……?"

"그런 것까지 말씀드리기에는 시간이 모자랄 것 같은데, 괜찮으신가요?"

은주는 고개를 젓고 중요한 질문으로 넘어갔다.

"그럼, 브이 바이러스를 발견한 연구소에서 브이 바이러스 컨설팅을 한다는 건가요?"

"네. 저희는 브이 바이러스에서 가장 선도적인 곳이니까 컨설팅 또한 저희가 맡아야지요. 저희가 모르는 건 아무도 모른다고 해도 과언이 아닐 겁니다."

비꼴 의향으로 물었는데 그는 칭찬으로 받아들인 모양이었다.

"바이러스 감염자가 올 3월부터 엄청나게 늘어난 것은 아시죠?"

"네."

"정부는 갑작스러운 증가 원인을 파악할 수 없다고 하는데, 정말 그럴까요?"

"……."

제이든이 은주 쪽으로 몸을 살짝 숙였다.

"사모님, 트렌드라는 말 아시죠? 사상이나 행동 또는 어떤 현상에서 나타나는 일정한 방향을 뜻하는 건데요. 이것은 일시적 현상인 패드와는 다르죠. 패드는 반짝 나타났다가 사라지는 거예요. 아주 짧은 유행. 하지만 트렌드는 거대한 강물의 흐름 같은 거라 한순간에 만들거나 바꿀 수 없습니다. 어떤 학자는 이렇게 말했죠. 아무도 트렌드를 창조할 수 없다. 다만 관찰할 뿐이다. 하지만 틀렸습니다. 트렌드도 만들 수 있습니다. 완벽한 기술, 충분한 자본, 굳건한 의지가 있다면요."

제이든이 테이블 위를 노크하듯 탁, 쳤다. 은주는 움찔하며 두 손을 맞잡았다.

"지금 대세는 브이입니다. 브이가 다수가 될 거예요. 그렇다면 브이 중 더 뛰어난 브이가 우위를 차지하겠죠. 보통 아이들이요? 글쎄요. 우리가 보통을 고집해야 하는 이유가 있을까요? 한번 말씀해 보시겠어요?"

은주는 정리되지 않은 생각을 더듬더듬 늘어놨다.

"브이가 되면 위험하잖아요. 서로 싸우고, 빼앗고, 망치고. 세상이 더 삭막해질 거 아니에요."

제이든이 웃었다. 어린아이의 재롱을 보는 것처럼 사심 없는 미소였다.

"사모님, 세상은 원래 그런 곳입니다. 삶은 생존을 위한 투쟁이에요. 그게 자연스러운 겁니다."

"하지만 우리는 문명인이잖아요."

다급히 반론을 내놓았지만, 뱉어 놓고 나니 좀 유치해 보였다. 제이든이 너그러운 표정으로 은주의 의견을 긍정했다.

"네, 네. 물론 그렇지요. 그래서 더 위험한 겁니다. 자연스럽지 않은 투쟁을 하니까요."

그는 다른 책자를 내밀었다. 표지에 'Victory Consulting'이라고 적혀 있었다. 앞쪽에는 알 수 없는 화학식과 함께 어떻게 브이의 공격성을 통제하는지에 관한 설명이 빽빽했다. 중간에는 생활 계획표와 생활 수칙이 있었고, 그 뒤로 이용자 수기가 열 페이지 정도 이어졌다. 수기에는 부모와 아이가 함께 웃는 사진도 포함돼 있었다.

"계획표는 예시고요, 아이와 부모님 성향에 따라 개별 맞춤해 드립니다."

"감염된 아이와 같이 생활하는 게 위험하지는 않나요? 이제 곧 정부의 정책이 바뀌니까……."

은주는 이게 좋은 선택인지 확신은 없었지만, 민소와 함께 안전하게 지낼 수 있다면 나쁘지 않을 것 같았다.

"위험하죠. 물론 위험합니다. 그래서 저희가 있는 게 아니겠습니까."

제이든이 주머니에서 엄지 손톱만 한 펜던트를 꺼냈다. 가운데가 움푹 들어갔고 거기에 작은 버튼이 있었다.

"비상 호출기입니다. 항상 목에 걸고 다니시는 게 좋아요. 버튼을 누르면 가까운 경찰서와 소방서, 저희 계열사 중 하나인 보안업체로 연락이 갑니다. 이것을 쓸 일이 없기를 바라지만, 혹시 모르는 일이니까요. 그리고."

그가 오른손 약지에 낀 반지를 보이며 말했다.

"이것도 항상 끼고 다니시는 게 좋습니다. 안쪽에 툭 튀어나온 여기를 누르면 반대쪽에서 침이 나옵니다. 마취제에요. 비상시 도움이 될 겁니다. 추가 비용을 내시면 재질과 디자인도 선택할 수 있습니다."

마취제라니. 좀 과해 보였다.

"저희가 브이들의 학업, 생활, 식단, 정서 관리뿐 아니라 보호자님 안전 교육도 분기별로 하거든요. 간단한 호신술을 배우실 겁니다. 자녀들이 성인이 될 때까지 잘 돌보실 수 있도록 저희가 물심양면으로 도와드릴 겁니다. 한 달에 370만 원, 토털 패키지 가격으로 꽤 저렴하죠? 아시다시피 연구소 베이스다 보니 비즈니스 마인드가 아니에요. 저 혼자 영업하는 것만 봐도 그렇죠."

제이든이 싱긋 웃으며 몸을 등받이에 기댔다. 은주는 손톱을 만지작거리며 물었다.

"정부가 비감염자 애들을 수용한다고 하잖아요. 거기는 어떨까요?"

"한번 가정을 해봅시다. 정부 말대로 비감염자 애들을 감염 없이 잘 키웠다고 치죠. 성인이 되면 시설을 나오겠죠. 그 다음엔? 성인들끼리 있을 땐 적어도 맞아 죽지는 않을 겁니다. 브이도 성인이 되면 폭력성이 줄어드니까. 그런데 감염자와 비감염자가 함께 있으면 어떤지 아세요? 비감염자 애들은 고양이 앞에 있는 쥐예요. 찍소리 하나 못 내죠. 본능적으로 알거든요. 쟤는 내 포식자다. 그리고 순응해요. 나는 밥이다, 하고요. 그런 상태에서 거리를 돌아다니는 십대 브이들에게 잘못 걸리기라도 한다면? 상상만 해도 끔찍하죠. 아시잖아요. 걔들은 움직이는 시한폭탄인 거. 물론 따님이 밖에 안 돌아다니고 집안에서만 살겠다면야 아무 문제 없겠죠. 실험실 쥐처럼, 안전하게."

은주는 민소가 집안에서만 갇혀 사는 것은 원치 않았다. 사람들을 만나고 소통하며 행복했으면 싶었다. 제이든이 탁자를 톡톡 쳤다.

"사모님, 저희는 아이들을 끝까지 살아남는 전사로 만들어 드릴 겁니다."

은주는 이해하지 못했다는 표정을 지었다.

"만 스무 살이 되면 브이 성향이 낮아지지 않습니까? 저희는 그 강인함을 성인이 돼도 발휘할 수 있게 해드린다는 겁니다."

심장이 두근댔다.

"무슨 생각 하시는지 압니다. 두려우시죠? 하지만 저희는 칸의 연구소가 아닙니까. 완벽히 컨트롤할 수 있습니다."

"그게 여기에서 말하는 특별한 브이인가요?"

은주가 전단을 가리키며 말했다.

"네, 맞습니다. 일반 브이들과는 다르죠. 확실한 경쟁 우위, 성공적인 삶을 자녀에게 선물하는 겁니다. 그럼, 오늘 자정까지 결정 부탁드립니다."

"잠시만요. 생각할 시간을 좀 주세요. 상의도 해봐야 하고요."

제이든이 고개를 갸웃했다.

"누구하고요?"

"남편이랑……."

말끝을 흐렸다. 남편은 말도 안 되는 소리라고 할 것이 뻔했다. 제이든이 혀를 찼다.

"자식을 가장 잘 아는 건 어머니입니다. 아버지가 뭘 알겠습니까. 저도 남자지만, 남자들은 하나만 봐요. 여자들처럼 주변 맥락까지 넓게 보지 못해요. 태어나길 그렇게 태어났습니다. 우리 때 그런 뼈아픈 농담도 있지 않았습니까. 자식의 능력은 어머니의 정보력, 할아버지의 재력, 아버지의 무관심이 만든다."

7시를 알리는 알람 소리가 울렸다. 그는 정중히 인사하고 문을 나섰다. 제이든의 향수 냄새가 사라지자, 화분에서 재스민과 로즈메리가 섞인 향이 났다. 은주는 숨을 깊게 들이쉬었다.

휴대전화 전원을 켰다. 포털사이트 뉴스 상단 기사를 눌렀다. 신 교육 정책 찬성 여론 점점 높아져. 그 기사의 본문과 댓글을 꼼꼼히 읽었다. 그리고 지금 걱정하는 게 무엇인지 따져 봤다. '어디로 가야 하는가'라는 방향성의 문제인지, '언제 시작해야 하는가'라는 시기의 문제인지.

현관문을 열었다. 은주는 '엄마야'를 외치며 들고 있던 화분 봉투를 놓쳤다. 퍽, 소리가 났다. 책가방을 멘 민소가 문 앞에 서 있었다. 깨진 화분에서 쏟아진 흙이 현관 바닥에 흩어졌다.

은주는 전단을 주워 흙을 털었다. 민소 얼굴이 보였다. 푸르스름하던 멍이 누렇게 변해 있었다. 할 말을 떠올렸다. 학교 가니? 밥은? 다친 건 좀 어때? 다 마음에 들지 않았다. 한숨이 나왔다. 그 소리에 민소가 고개를 들었다. 둘은 시선이 마주쳤다.

한동안 서로를 탐색하듯 눈동자가 이리저리 움직였다. 움직임이 잦아들고 서로를 가만히 응시했다. 민소의 눈동자는 검고 깊었다. 은주는 그 눈빛이 따가웠다. 민소가 눈을 깜빡였다. 은주는 둘 사이 이어졌던 무언가가 사라지는 걸 느꼈다.

"괜찮니?"

헬멧을 집으려던 민소가 잠시 멈칫하더니 '응'이라고 짧게 대답했다. 은주는 대화를 더 이어가고 싶었다.

"준혁이 입원했다며."

민소가 헬멧을 가슴에 안았다.

"응."

"왜? 어디 다쳤대?"

은주는 모른 척 물었다. 민소가 한참 후 대답했다.

"다친 거 아냐."

민소가 헬멧을 문질렀다. 상처 난 그 부분이었다. 지워지지 않는 것을 알 텐데도 그랬다.

"다쳐서 입원한 거 아니야."

"그럼?"

"걔네 엄마가."

민소가 입술을 씹었다. 닫힌 입술은 다음 말을 할 수 없었다. 그러다가 뚝, 눈물이 떨어졌다.

"준혁이 끌고 갔어. 가기 싫다고 했는데."

한번 나온 말이 후드득 뒷말을 쏟아냈다.

"내가, 내가 도와주려고 했어. 못 가게. 근데 결국 끌려갔어. 싫다고 했는데. 싫다고……."

민소의 눈물이 같은 자리에 뚝뚝 쌓여 갔다.

"너 그러다 다친 거야?"

민소가 고개를 끄덕였다. 하지만 다급히 말을 덧붙였다.

"준혁이 엄마가 그런 거 아니고, 그냥 내가 잘못해서 다친 거야. 그러니까 뭐라고 하지 마."

민소가 전단으로 시선을 돌렸다. 특별한 V. 은주는 손등이 화끈거렸다.

"이거 싫어?"

민소가 고개를 끄덕였다.

"왜?"

"그냥 싫으면 안 돼?"

민소의 강한 어조에 할 말을 잃었다. 이유가 있으면 타당성을 놓고 설득하려고 했는데 그냥 싫다는 것에는 딱히 대꾸할 말이 생각나지 않았다. 지금은 이해 안 되겠지만 이게 다 너를 위한 거라며 힘으로 꺾을 수도 있었다. 하지만 그러고 싶지 않았다. 그게 얼마나 아픈지 알기에.

아이를 바라봤다. 어리다고만 생각했는데, 어느새 눈높이가 비슷했다. 민소의 앞 머리카락을 귀 뒤로 쓸어 넘겼다. 볼을 타고 흐른 눈물 자국과 붉어진 코끝이 안쓰러웠다.

은주는 천천히 민소를 안았다. 작은 어깨가 파르르 떨렸다. 은주는 울지 않으려고 애썼다. 그래야 한다는 생각이 들었다.

민소는 아직 등교 시간에 늦지 않았고, 은주는 아직 결정을 내리지 않았다. 둘은 잠시 그대로 있었다. 휘몰아치는 파도 속 작은 모래알 같은 둘은 서로를 꼭 안을 수밖에 없었다. 더 무거워지도록, 그래서 단단한 바닥에 닿을 수 있도록.

둘은 서로의 심장 박동을 느끼며 숨을 들이쉬었다. 깊게. 그리고 천천히. 그들은 하나의 숨을 쉬었다. 오랜만에 느끼는 쉼이었다.

비하인드 스토리

· 아이디어 스케치

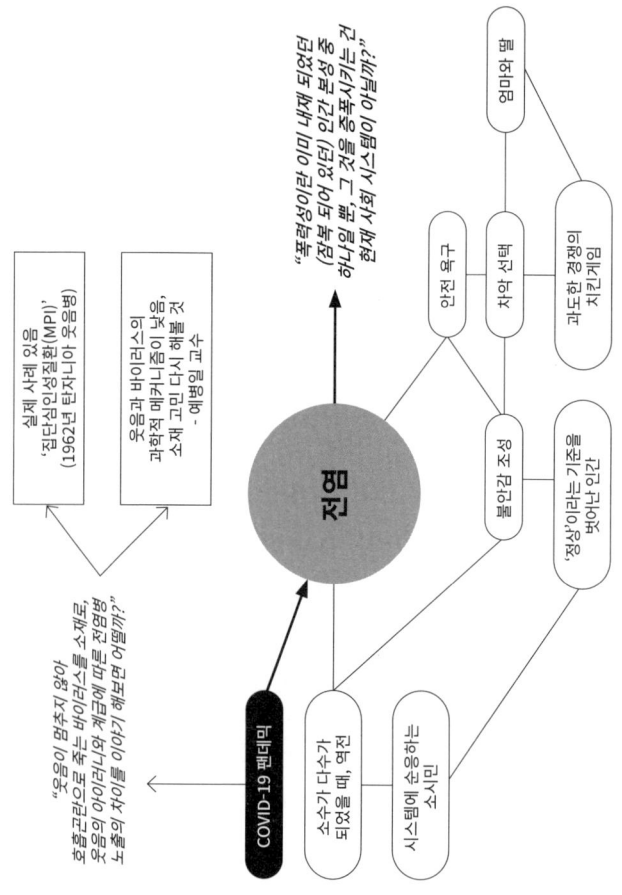

44

· **발상에 도움을 준 이야기**

> 1990년대 과학자들이 발견한 성격 유전자는 흥분 조절과 신체 자극에 결정적인 역할을 하는 신경전달물질인 도파민의 수용체 중 제4형 유전자(D4DR)를 말하는데, 사람의 성격 중 만족, 공격성, 성적취향, 신경증, 모험심 같은 성격을 결정한다.
>
> 한 연구 결과에 따르면 정상보다 긴 종류의 성격 유전자를 지닌 사람은 그렇지 않은 사람보다 생물학적으로 모험을 추구하는 성격을 갖게 될 가능성이 높다고 한다. 성격 유전자가 도파민에 영향을 미쳐 뇌를 고통이나 신체적 느낌에 덜 민감하도록 만들고, 그럴수록 우리 몸은 더 높은 도파민을 만들어 내기 위해 공격적이고 모험적인 것을 추구하게 되기 때문이다.
>
> • EBS 〈아기성장보고서〉 제작팀 지음, 『아기 성장 보고서 : EBS 특별기획 다큐멘터리』, 위즈덤하우스, 2009. (p. 236)

- 예병일 지음, 『세상을 바꾼 전염병 : 세균과 바이러스에 맞선 인간의 생존 투쟁』, 다른, 2015.
- 제럴드 N. 캘러헌(Callahan, Gerald N.) 지음, 강병철 옮김, 『감염』, 세종서적, 2010.
- 최강석 지음, 『바이러스 쇼크 : 인류 재앙의 실체 알아야 살아남는다』, 매경출판, 2016.
- 폴 W. 이왈드(Ewald, Paul W) 지음, 이충 옮김, 『전염병 시대』, 소소, 2005.
- 하타나카 마사카즈(畑中正一) 지음, 김정환 옮김, 『살인바이러스의 비밀』, 꾸벅, 2009.

작가노트

  V는 본격적으로 글쓰기를 하겠다고 마음먹고 처음 쓴 소설입니다. 대학에서 문예창작을 부전공하고 졸업 후 꾸준히 습작했지만, 마감이 있는 것도 아니니 글쓰기를 우선순위에 놓지 못했습니다. 2020년 한국과학창의재단의 과학스토리텔러 과정을 알게 되었고, 3개월간 국내외 다양한 SF 소설을 읽고 이 글을 썼습니다.

  2년 반 정도 만에 V의 인물들을 다시 만났습니다. 주인공 은주가 이전보다 좀 더 자기 이야기를 해주었고, 준혁 엄마의 이야기가 늘었습니다. 민소와 준혁의 이야기는 좀 줄었습니다만, 나중에 이들 이야기만 따로 할 날이 오길 바랍니다. 특별한 V가 되어버린 준혁과 V가 되지 않기로 선택한 민소. 둘에게 많은 시련이 있겠지만 잘 헤쳐 나가리라 믿습니다. 아이들은 언제나 어른들이 생각하는 것보다 훨씬 더 훌륭하니까요.

· **창작의 과정**
2021.02.18 한국과학창의재단 「2020년 과학문화 전문인력 양성 사업」 과학스토리텔러 양성 과정 최우수 작품상
2022.01.14 환상문학웹진 「거울」 독자우수단편 4분기 우수작
2023.10   퇴고

단편소설

이 작품은 부천스토리텔링아카데미 졸업 작품을 바탕으로 한 것입니다

"과정이야 어떻든 결과만 좋으면 된 거 아니에요?"

팀장의 길어지는 잔소리에 솔직한 마음이 튀어나왔다. 팀장 얼굴이 붉어졌다. 진짜로 열 받기 전, 그러니까 윗입술이 까뒤집어지고 볼살이 부들부들 떨리기 전 꼬리를 내려야 했다.

"아, 혀엉. 어머니가 좋다잖아요. 응?"

형은 무슨, 작은아버지뻘인데도 팀장은 형이라는 호칭을 거부하지 않는다. 양심도 없지. 입꼬리가 살짝 올라간 게 보이지만, '형'은 눈을 가늘게 뜨고 엄포를 놨다.

"본사에서 모니터링 온다고 했지. 너 자꾸 스케줄대로 안 하고, 시간도 다 안 채우고. 산책 30분은 기본이잖냐. 자꾸 밖에 나가서 걷고 하셔야지. 방에서 수다만 떨면 어떡해. 너 계속 이런 식이면 확 잘라버린다."

아니다. 팀장은 나를 자를 수 없다. 팀장이 나 때문에 잘릴 수는 있지만. 나를 자를 수 있는 것은 오로지, 어머니뿐이다. 나는 팀장 옆에 착 붙어 팔짱을 꼈다.

"알지. 그러니까 모니터링 오는 날짜만 알려 달라니까. 그때는 내가 정말 딱 에프엠대로 잘할게. 그래서 그 모니터링이 언제라고요?"

배시시 눈웃음을 쳤다. 눈꼬리를 살짝 내리고 앙다문 입술을 양옆으로 길게 당겼다. 그러면 광대로 살이 볼록 올라오는데 사람들은 이런 내 표정을 좋아한다. 팀장도 나를 따라 곧 웃겠지.

탁! 팀장이 들고 있던 태블릿을 말아 내 머리를 쳤다.

"아야!"

엄살을 부렸다. 그래야 때린 맛이 나니까.

"너 경고야. 어딜 가든 근태가 제일 중요한 법이야. 모니터링 날짜 잡히면 알려줄 테니 제발 잘 좀 하자. 어?"

"네에."

장난기를 버리고 반성하는 모습을 보여줬다. 뭐든 적당한 게 중요하니까. 팀장이 풀 죽은 나를 뒤로하고 회의실 밖으로 나갔다. 발소리가 충분히 멀어진 후, 소파에 풀썩 몸을 던졌다.

피곤하다, 피곤해. 하지만 <아이 니드 유>로 일하려면 팀장과의 면담은 필수였다.

아이 니드 유는 사람과 사람을 이어주는 앱이다. 구인자라면 어떤 사람을 찾는지, 구직자라면 자기가 어떤 사람인지 제출한다. 그러면 분석해 서로에게 최고의 짝을 찾아준다. 보통의 구직자들은 많은 키워드에 걸릴 수 있게 구구절절 자기소개를 적는 편인데, 나는 그러지 않았다. 최고의 인공지능이라는데, 그런 단순한 키워드 매칭으로 이어주지는 않겠지. 분명 다른 로직이 있을 것이다. 그게 뭔지는 모르지만.

나는 내 소개를 단 한 줄로 적었다.

눈치 있고 상황 판단 빠름. 26세 남자.

나는 매주 수요일 아이 니드 유에서 짝지어 준 어머니를 만나러 인피니티 타운에 간다. 인피니티 타운은 옛날 말로 하면 '에스케이와이' 같은 곳이다. SKY. 누구나 가고 싶지만 아무나 못 가는 곳. 그런데 내가 어떻게 SKY에 사는 어머니의 아들로 매칭됐을까? 아직 세상에 행운이라는 게 있긴 있나 보다. A급 일이 한 번에 들어왔으니 말이다.

아이 니드 유 마이 페이지에 들어갔다. 계좌에는 어제 3시간

동안 어머니와 데이트한 비용 60만 원이 입금돼 있었다. 한 달에 네 번 해서 총 240만 원.

A급 일의 아쉬운 점은 이곳의 구인자와 한 번 매칭되면 끝이라는 점이다. 즉, 나는 1710호 어머니의 아들이 되어야지 2106호 이모의 조카'도' 되면 안 된다는 뜻이다.

내 소박한 목표는 지금 이대로 우리 어머니랑 오래오래 행복하게 일주일에 한 번 보며 사는 거다.

띠링. 카드 결제 대금 293,000원, 휴대폰 요금 130,000원, 아이 니드 유 서비스 수수료 120,000원. 남은 돈 57,000원? 하……. 도둑놈들.

'정훈아, 니는 절대 니 애비 닮지 마라. 세상에는 니가 아무리 용써도 안 되는 기 있는 기라. 알긋나? 으잉?'

할머니의 호통에 몸까지 움찔거리며 잠에서 깼다. 며칠 굶으니 또 이런 꿈이다. 할머니는 아버지가 집에 올 때마다 나를 굶겼다. 일하지 않는 자 먹지도 말라는 할머니 아니, 할머니가 믿는 성경책의 가르침이었다. 그런데 왜 나까지? 나는 아버지와 달리 일을 했다. 설거지, 심부름, 빨래 개키기, 해피 밥 주기. 그런데 아버지만 오면 나까지 세트로 묶여 굶어야 했다. 몸으로 배워야 한다나 뭐라나. 그럴 때면 아버지는 이렇게 말했다.

"정훈아, 사람이 밥으로만 사는 게 아니야. 꿈을 먹고 살아야지."

어린 나이였음에도 그게 말이 안 된다고 생각했다. 꿈을 어떻게 먹고 사나. 몸뚱이가 있는 사람인데. 그리고 나는 꿈이 싫었다. 꿔 봤자 악몽이었으니까. 하늘에서 떨어지거나, 누군가 내 발을 끌어당기거나, 멈추지 않는 회전목마를 타거나. 아버지의 꿈은 악몽이 아니었나 보다. 50년 동안 그 꿈만 드시고 사셨으니 말이다. 아버지는 돌아가실 때까지도 무명 배우였다. 할머니는 너도 아버지를 닮아 얼굴 번지르르하고 잔재주가 많아 걱정이라고 말씀하셨다. 할머니의 꿈은 내가 아버지와 달리 안정된 대기업 정규직이 되는 거였다.

나는 아버지를 관찰했다. 아무도 알아주지 않는데도 계속 배우를 하는 아버지를 보면 대단하다 싶다가, 불쌍하다 싶다가, 답답하다 싶다가, 결국 처음의 마음으로 돌아왔다. 이해할 수 없음.

아버지를 체념해 버리기 전 이렇게 물은 적이 있었다.

"아버지, 아버지는 왜 무명 배우가 됐어요?"

아버지는 나를 째려봤다.

"무명 배우가 아니야. 그냥 배우지."

"근데 무명이잖아요."

아버지는 기분이 상한 게 분명한 표정으로 나가 버리셨다. 황당했다. 틀린 말은 아닌데. 나는 어떻게든 아버지를 이해해 보려고 애를 썼다. 그러다 결국 이런 결론을 냈다. 아버지는 아들이나 남편이나 아버지라는 역할보다 배우 역할이 소중한 사람이구나. 나는 아버지와 다르게 살려고 노력했다. 하지만 세상이 내 마음 같지 않았다.

서울로 올라오고 석 달 동안 말 그대로 방바닥만 긁었다. 오돌토돌한 나뭇결 무늬와 손톱이 만드는 마찰음은 불안을 가라앉히고 정신을 몽롱하게 만들었다. 엎드려 있으면 다른 세상이 펼쳐졌다. 느슨해진 생각이 반짝이는 먼지처럼 허공을 떠돌았다.

머리카락처럼 바닥을 뒹굴다가 청소기에 훅 빨려 들어가 쓰레기통에 탁 버려지면 참 깔끔할 텐데. 아니면 녹아서 나뭇결 사이사이로 스며들거나 곰팡이처럼 방 전체로 확 퍼져도 좋을 거야. 그러면 월세도 안 내고 얼마나 좋아. 아차차, 이러다 숨 쉬는 것마저 돈이 들면 어쩌지? 산소 사용세 같은 거. 아냐, 이산화탄소 발생비라고 하겠지. 그때가 되면 정말 죽어야지. 아니다, 그 전에 죽을 수도 있겠다. 요즘도 굶어 죽는 사람이 있나 했는데, 그게 바로 나였구나.

   나는 웃음을 참지 못해 깔깔댔다. 빵빵하게 부푼 풍선이 터지는 듯한 소리가 귀청을 때렸다. 허리가 끊길 듯 웃으며 설마 내가 미쳐버린 건가, 라는 생각까지 들었다. 아니면 너무 공기만 먹어서 허파에 바람이 들어간 건가 싶었다.

   계속되는 웃음소리를 이상히 여긴 옆집 할아버지가 문을 따고 들어오셨고, 기아 상태인 내게 라면 12개를 주고 가셨다. 왜 하필 12개였을까. 나중에 알게 된 사실이었는데 그것은 기초생활 수급자인 할아버지가 그달에 추가로 받은 구호품이었다.

   나는 바로 라면 3개를 끓여 먹고 삶의 희망을 되찾았다. 하지만 1시간쯤 뒤 화장실에서 위아래로 먹은 것을 모두 쏟아내며 다시금 삶을 비관했다. 이후 고통 속에 뒹굴다가 정신을 차렸다. 그래, 정규직을 포기하자! 그 길밖에는 없다. 나는 할머니의 소원이었던 정규직 — 나가 니 목에 사원증 거는 건 보고 죽어야 할 낀데 — 의 꿈을 버렸다. 나에게 정규직이란, 할머니가 아버지에게 그렇게 가르치려 애썼던 '니가 아무리 용써도 안 되는 기'였다.

   나는 그날로 아이 니드 유에 가입했다. 다운로드 15만 건, 평점 5점 만점에 4.9점. 이쪽 업계에서는 1위 앱이었다. 다행히 좋은 일자리를 구했지만, 아직도 배가 고픈 게 문제였다. 그래서 종종 할머니를 뵙는다. 조상님이 꿈에 나오면 요단강 건너는 거라고 그러던데. 아, 어머니 직통 연락처를 알면 좋으련만.

통장에 남은 돈 6,950원. 어머니를 만나려면 아직 하룻밤을 더 보내야 했다. 참아야 한다. 참을 수 있다. 대출은 절대 안 할 거다. 이 돈으로 버텨야 한다.

아버지는 유산으로 빚을 남기셨다. 곧바로 상속 포기를 해서 떠안지는 않았지만, 씁쓸했다. 빚과 함께 사라진 아버지의 재산은 낡은 공연 소품과 의상, 대본과 책, DVD와 포스터 등이었다. 열 평 남짓한 방을 빽빽하게 채운 칠십 평생의 흔적이 그거였다. 나는 마지막으로 그것들을 쭉 둘러보며 소름이 돋았다. 퀴퀴한 냄새와 차가운 바닥, 그 서늘한 느낌이 한동안 살갗에 남아있었다.

냉장고를 열었다. 고추장과 된장, 머스터드 소스가 있었다. 냉동실을 열었다. 택배용 아이스 팩 4개가 있었다. 전기 주전자에 있는 물을 마셨다. 미지근하고 미끈거리는 게 맛이 좋지 않았다. 한 컵을 다 비우고 다시 누워 오지 않는 잠을 청했다. 양 한 마리, 양 두 마리, 양 세 마리……. 할머니에게 배운 대로 양을 세는데, 꼬르륵 소리와 함께 잠 잘 맛이 확 떨어졌다. 이불을 걷고 일어나 휴대폰을 켰다. 연락처에서 ㅈㅇ, 초성을 검색했다. 누를까 말까 잠깐 고민했지만 다른 방법이 없었다. 신호흡 한 번, 두 번, 세 번. 그냥 끊어야지 할 때 '어머, 정훈 씨' 하는 코맹맹이 소리가 들렸다.

 지글지글 소리와 함께 기름이 뚝뚝 떨어지는 모습을 보고 있자니 입안 가득 군침이 고였다. 빨리빨리. 화력이 너무 약하네. 하지만 은근히 익혀야 맛이 좋으니 어쩔 수 없다. 얌전히 기다려야지.
"저기요, 눈에서 레이저 나오겠어요. 안 빼앗아 먹으니까 그렇게 지켜보지 않아도 돼요."
"네."
 꼬치에서 눈을 떼고 정면을 바라봤다. 역시, 사람보다는 익는 고기 보는 게 더 재밌다. 그래도 어쩌냐. 그만 보라면 그만 봐야지.
"양꼬치 먹고 싶어서 보자고 한 거예요?"
"네."
 솔직하게 대답했다. 밥 사주는 선한 사람에게는 정직해야 하니까.
"자려고 누웠는데 배가 고파서 잠이 안 오는 거예요. 그래서 양을 셌거든요? 근데 양을 세려면 머릿속에서 그려야 하잖아요? 열심히 그렸죠. 근데, 너무 생생한 거야. 너무 맛있어 보여! 그래서 잠이 깼어요. 어떻게 할까 하다가 전에 지은 씨가 밥 한 번 먹자고 했잖아요. 그게 딱 생각이 난 거죠. 아무튼, 지은 씨는 나의 구세주입니다. 주님 한 잔 받으세요."

지은 씨의 술잔을 채웠다. 그녀는 안주 없이도 소주를 연속으로 석 잔이나 비웠다. 우와—.

"정훈 씨는 안 마셔요?"

"저는 고기…."

배시시 웃었다. 나는 술 마실 마음이 없었다. 그 돈으로 고기 먹을 것이다. 지은 씨는 시원하게 또 원 샷을 했다. 무슨 일 있나? 지금이 딱 물어볼 타이밍이지만, 귀찮을 것 같다는 느낌이 강하게 들었다. 물을까 말까 고민하다가 큰 맘 먹고 물었다.

"무슨 일 있어요?"

"아니 뭐, 그냥."

있다, 무슨 일 확실히 있네.

"뭔데요. 말해보세요. 제가 듣는 거 정말 잘하거든요."

지은 씨는 빈 잔을 들었다. 7부 정도 되게 채워주고 눈을 맞췄다. 경청의 자세. 꼬치가 하나 익었다. 자연스레 앞접시에 놓고 거슬리지 않게 꼬치에서 고기를 뺐다. 지은 씨가 한숨을 푹 쉬었다. 음, 맛있겠다.

"우리도 대체한대요."

"뭘 대체해요?"

"휴머노이드."

"아……. 누굴요?"

"다요, 다. 우리 다아!"

나는 잽싸게 고기를 입에 집어넣고 얼굴을 찡그렸다. 너무 뜨거웠다. 하지만 곧 먹기 좋게 식었다. 꼭꼭 씹어야지. 쫄깃한 육질과 감칠맛 나는 소스, 불 향과 함께 촉촉한 육즙이 마음을 풍요롭게 만들었다. 행복감이 표정에 드러나려는 것을 애써 지우며 심각한 말투로 물었다.

"지은 씨도요?"

"네."

"이런!"

나는 탄식하며 빈 잔을 채워주고 남은 고기 두 점을 입에 넣었다. 지은 씨가 피식 웃었다. 진지하지 못한 내 태도와 식탐을 냉소하는 건가 싶어 뜨끔했는데 아니었다. 비웃음 자신을 향한 것이었다.

"저 롤모델 됐어요."

"와."

하마터면 자연스럽게 '축하해요'라고 덧붙일 뻔했다. 잘리는 건데 축하할 일은 아니지. 아무리 롤모델이 됐다고 해도 말이다.

"그거 하는 대가로 보너스 받은 거예요. 오늘 마음껏 드세요."

지은 씨가 크게 웃었다. 두 번째 꼬치로 가던 손을 멈췄다. 저 웃음소리. 기쁨이나 즐거움이 전혀 없는 텅 빈 소리였다. 나는 꼬치를 집어 지은 씨 앞접시에 놔줬다. 그리고 지은 씨의 술잔을 대신 비웠다. 미지근하고 미끄덩했다.

"뭐야!"

지은 씨가 샐쭉한 표정으로 내 앞에 있는 새 술잔을 가져갔다.

"왜 내꺼 마셔요? 더럽게."

더럽다니. 술잔을 돌려 마시는 것은 친밀감과 소속감을 높이려 했던 옛 조직문화라고 말해주려는데, 그녀가 내 잔에 술을 따르며 말을 이었다.

"정훈 씨도 마음의 준비하는 게 좋을 거예요."

"무슨?"

나는 눈을 두어 번 깜박였다. 양꼬치는 이제 다 익었다.

"알고 싶으면 한잔 쭉!"

지은 씨가 잔을 부딪치고 또 원샷했다. 그래, 내일은 모르겠고 현재를 즐기자. 나도 술을 들이켜고 양손에 꼬치를 쥐었다. 좋아, 한번 달려보자.

10시를 1분 남기고 1710호 앞에 섰다. 지은 씨는 어제 아니, 오늘 새벽 4시까지 화끈하게 쐈다. 분명 고주망태가 되었는데 아침 8시까지 출근해 롤모델을 하는 게 대단하다. 역시 프로는 프로다. 나는 숨을 고르고 문을 두드렸다.

어머니는 햇빛이 잘 드는 창가 소파에 앉아 계셨다. 태양을 등지고 있어 표정은 보이지 않았지만, 아들을 기다린 기운이 역력했다. 나는 어머니를 정답게 부르며 경쾌한 걸음으로 다가갔다. 그리고 품 안에 쏙 들어오는 어머니를 안았다. 골격이 만져지는 마른 몸, 얼굴을 간질이는 가는 머리카락과 은은한 꽃 향기, 사부작거리는 옷감 소리. 나는 이 순간을 좋아했다.

"잘 지내셨어요? 보고 싶었어요."

"진성이?"

"네."

"아직 안 갔어?"

"네?"

포옹을 풀고 어머니를 봤다. 방금 온 사람에게 아직 안 갔냐니. 인지장애가 생긴 건가? 그럼 안 되는데.

"아, 너구나. 난 또, 우리 진성인 줄 알았네."

"에이, 어머니. 나 진성이 맞잖아요. 어머니 아들."

"응, 그래. 하지만 우리 진성이가 왔었어. 진짜 진성이."

어머니는 한 번도 본 적 없는 표정을 지었다. 울면서 웃고 있었다. 티슈를 뽑아 어머니의 눈물을 찍어 주었다. 진짜 진성이가 왔다니 이게 대체 무슨 말인가. 혹시 정신이 오락가락하는 건가?

"어머니, 진성이는 나 하나잖아. 무슨 진짜 진성이가 왔다고 그래."

A급의 일은 더블 캐스팅이 안 됐다. 한 역할에 한 사람이 고정이었다.

김진성. 그는 젊은 나이에 대기업 대표가 될 정도로 유능했고, 부인과 딸을 끔찍이 생각하는 가정적인 성격에, 취미로 플루트와 바이올린을 연주하는 감수성까지 뛰어난 남자였다. 아무리 봐도 세상에 있을 것 같지 않은 사람이라고 생각했는데 정말 그랬다. 그 사람은 세상에 있지 않았다. 오래 전 젊은 나이에 사고로 목숨을 잃었다.

"어유, 그런 표정 하지 말어. 나는 우리 천방지축 진성이도 좋아하니까."

어머니가 웃으며 머리를 쓰다듬었다. 어머니의 손길은 변함없이 부드럽고 따스했다. 하지만 어머니가 말한 진짜 김진성이 누구인지 알아내기 전까지는 마음을 놓을 수 없었다.

"어머니, 그 진성이 언제 왔어요?"

"아침에 와서 너 오기 좀 전에 갔어."

"와서 뭐 했는데?"

"같이 아침 먹고, 얘기하다가 회사에 일 보러 갔어."

"……."

"알아. 걔가 좀 심한 거. 지금껏 연락 한번 없다가."

어머니의 목소리가 떨렸다.

"죽은 줄 알았는데 멀쩡히 살아 있어서 내가 얼마나 마음을 놓았는지."

니, 니미럴. 이게 무슨 말인가. 김진성이 살아 돌아왔다고?

"근데 걔는 하나도 안 변했더라. 나는 이렇게 호호 할머니가 됐는데. 걔는 그때 그 모습 그대로야."

어머니가 티슈로 콧물을 찍어내고 감정을 가라앉혔다. 붉어진 눈시울로 나를 봤다. 나는 여친이 구 남친 이야기하며 눈물을 짜는 것을 본 듯한, 속이 뒤집히는 기분을 느꼈다. 어머니가 코맹맹이 소리로 물었다.

"요새 젊어지는 약 같은 것도 있니? 아, 너는 모르겠구나. 그런 게 있어도 너 같은 사람은 모를 테니까."

와, 너무하시네. 제가 아무리 돈이 없어도 뉴스 채널 하나는 구독한다고요. 어머니 때문에. 그러다 머리를 스치는 게 있었다. 혹시 부자 노인들을 상대로 한 신종 사기인가? 그렇다면 가짜 김진성으로부터 어머니를 지켜야 했다. 근데, 진짜 김진성이 정말 죽은 것은 맞겠지? 등본을 뗄 수도 없고, 난감하네. 잠깐, 이게 혹시 어제 지은 씨가 말한 마음의 준비인가? 기분이 싸했다.

"어머니, 우리 산책하러 나갈까요?"

나는 어머니의 대답은 듣지도 않고 어깨에 숄을 둘러 드렸다. 지금 만나러 갑니다, 지은 씨!

"어머, 날씨 좋다."

정원의 디딤돌을 밟는 어머니는 소녀처럼 발걸음이 가벼웠다. 92세라는 게 믿기지 않는 활력이었다. 어머니는 82세에 돌아가신 할머니보다 한참 어려 보였다. 시간은 상대적인 게 분명했다. 같은 시간을 살아도 누구는 마른 대추처럼 주름지고 굴곡진 인생이 새겨지는데, 누구는 생대추처럼 만질만질하고 싱그러운 삶이 꼭꼭 채워지니 말이다. 나도 곧 마른 대추가 되겠지. 그래도 속은 달콤할까? 아니다. 퍼석하더라도 생대추가 되는 게 훨씬 낫다.

"너 개화병이라고 아니?"

어머니는 묘목이 심긴 꽤 넓은 터에 멈춰 섰다.

"아니요."

"여기 원래는 대나무 숲이었어. 그런데 어느 날 보푸라기 같은 흰 꽃이 피더니 모두 누렇게 말라 죽어버렸지, 뭐니."

"왜요?"

"대나무에 꽃이 피면 병이야. 고칠 수 없지. 대나무는 땅속 줄기를 따라 옆으로 뻗어 번식하거든. 그래서 꽃이 필요 없단다. 향기도 없고, 열매도 맺지 않는 대나무 꽃은 화려한 끝을 위해서만 피지."

어머니는 의미심장한 말을 남기고 먼저 가버렸다. 대체 이게 무슨 뜻인가요. 화룡점정을 찍고 사라지라는 건가? 과한 해석을 할 수밖에 없었다. 어머니는 오늘 좀 이상했다. 가짜 김진성 때문이겠지. 나는 재빨리 어머니를 따라잡았다.

"너 그 이야기 알지? 임금님 귀는 당나귀 귀."

"네."

"역시 비밀이 있는 이야기에 해피엔딩은 쉽지 않은가 봐."

경고인가? 흔들리는 동공을 숨기기 위해 땅을 보며 걸었다. 어머니, 저한테 이러시면 안 되죠. 제가 무슨 어머니의 비밀을…. 아 알고 있네. 김진성이 죽었다는 걸. 근데 그거 어머니가 저한테 말해주신 거잖아요. 제가 알려 달라고 하지도 않았는데. 근데 왜 이제 와서. 나는 어머니가 또 무슨 말을 할지 몰

줌줌 67

라 숨죽이고 한 발짝 뒤에서 걸었다.

숲길을 지나 가을볕이 잘 드는 화단이 나왔다. 화단에는 노란 국화가 심겨 있었다. 그 가운데 지은 씨가 있었다. 지은 씨를 향해 소리치려는 데 누가 앞을 가로막았다. 검은 정장을 입은 건장한 체구의 남자였다. 옷깃에 반짝이는 은색 M자 배지가 달려있었다. 마코토 직원이었다.

"학습 중입니다. 가까이 가시면 안 됩니다."

무시하고 가려고 했더니 내 옷깃을 잡았다.

"비 관계자는 반경 오백 미터 내 접근 금지입니다."

"저 관계자인데요."

남자가 피식 웃었다. 허, 그렇게 나오시겠다. 오기가 발동했다.

"어머니, 저기 지은 씨 있다. 보러 갈까요?"

어머니의 팔짱을 끼고 지은 씨 쪽으로 향했다. 남자도 더는 막지 못했다.

마코토는 생체 모방형 로봇 기술을 접목해 '배우는 휴머노이드'를 만들었다. 그 휴머노이드는 롤모델로 지정된 사람을 따라다니며 그의 모든 것을 배웠다. 충분한 데이터가 쌓이면 스스로 입을 열고 롤모델처럼 행동했다. 학습은 빠르면 한 달, 길면 서너 달까지 걸렸다. 안내데스크의 일은 어렵지 않아 길어 봤자 한 달일 것이라고 했다. 술 취한 지은 씨는 이 말을 백 번

넘게 반복했다. 그 덕분에 나도 이 유사 인간에 대해 좀 안다. 그런데 되게 예쁘네. 지은 씨와는 비교도 안 됐다.

"어머, 영화 님. 아드님이랑 산책 나오셨어요?"

지은 씨가 원예용 가위를 땅에 내려놓고 말했다.

"응. 지은 씨는 오늘도 예쁘네. 얼굴이 활짝 폈어. 호호호."

아닌데. 누렇게 뜨고 팅팅 부었는데.

"에이, 별말씀을. 저도 이제 삼십대라 꺾였어요. 남자랑 밤새 술 마셔도 아무 일도 안 일어나는 나이랍니다."

둘은 뭐가 좋은지 깔깔대며 웃었다. 옆에 있는 늘씬한 휴머노이드도 지은 씨처럼 호들갑을 떨었다. 나는 거두절미하고 물었다.

"오늘 아침에 우리 어머니 찾아온 사람이 있나요?"

"그건 개인정보라 말씀드릴 수 없는데요."

"그렇긴 한데 어머니가 아들이 왔다 갔다는 거예요. 저 말고."

"응, 왔다 갔어. 우리 진짜 진성이."

어머니가 지은 씨 귀에 속삭였다. 나는 어머니 뒤에서 지은 씨에게 이것 좀 보라며 눈짓했다. 그러자 지은 씨가 자기 옆의 휴머노이드를 슬쩍 보며 말했다.

"그러셨구나. 좋았겠어요."

나는 지은 씨를 보며 인상을 구겼다.

"그런데 이 아가씨는 누구야? 신입?"

어머니가 지은 씨를 카피하고 있는 휴머노이드를 보며 말했다.

"네. 저 대신 일할 친구인데요. 지금 가르치는 중이에요."

"왜? 지은 씨 그만두게?"

어머니가 아픈 곳을 찔렀다.

"네, 그렇게 됐어요."

지은 씨가 활짝 웃었다.

"제가 잘 가르치고 갈 거니까 불편하지 않으실 거예요."

"그래도 아쉽네. 난 지은 씨가 춤 가르쳐 준 거 좋았는데."

"그럼, 그것도 가르쳐 주죠. 아드님, 음악 좀."

지은 씨가 어머니와 손을 맞잡고 섰다. 노년층에게 꾸준히 인기 있는 옛날 가요를 틀었다. 쿵작쿵작 쿵작쿵작.

지은 씨와 어머니가 덩실덩실 춤을 추기 시작했다. 일명 관광버스 춤. 왜 그렇게 부르는지 모르지만, 이런 동작은 다 그렇게 불렀다. 그러자 뒤에 있던 잘 빠진 기계도 엉덩이를 실룩대고 손을 위아래로 흔들었다. 와, 저 춤이 이렇게 멋있는 거였어?

그들 춤사위를 보고 있자니 아련한 기분이 들며 구슬퍼졌다. 나도 같이 몸을 흔들었다. 신나라, 신나. 그러다 번뜩 깨달았다. 아까 지은 씨 눈짓의 의미. 관광버스 춤을 방송 댄스로 만드는 휴머노이드, 저런 김진성이 왔다는 뜻이었다. 진짜 김진성보다 완벽한 김진성! 빠밤빠 빠밤빠 빠밤빠 빠바바밤. 나는 미친 듯이 '아모르 파티' 리듬에 몸을 맡겼다.

"야, 2주 뒤다."
"응?"
"2주 뒤에 모니터링 온다고."
"아."

팀장의 말을 흘려듣고 있다가 모니터링이라는 말에 정신 차렸다. 어머니의 평점은 이번에도 십 점 만점에 십 점이었지만, 개운치 않았다. 어머니는 그 휴머노이드를 이미 아들 김진성이라고 여기고 있었다. 사람이 아닌 줄 안다고 해도 진짜 김진성보다 그리고 나보다 훨씬 어머니 마음에 들 거라 걱정이었다.

"형, 인피니티 타운에 마코토 휴머노이드 들어가는 거 알아?"

아네. 시선을 피하는 거 보니까 알고 있어.

"그러니까 니가 더 열심히 해야 하는 거 아냐. 내가 누누이 말했지?"

"형, 울 어머니가 나 말고 진짜 아들 만났다던데?"

"……."

"아는 거 빨리 말해."

"아니 그게, 이번에 거기 서비스 직원들 다 교체하잖아. 그래서 마코토에서 개인용 휴머노이드 하나를 지원했다는 거야. 걔네는 자기네 휴머노이드가 사람보다 뛰어나다는 것을 증명해야 하니까 우리 아이 니드 유에 매우 만족한 이용자를 선택한 거지. 니네 어머니."

"아우, 씨!"

나는 소파에서 벌떡 일어났다. 뭘 하려는 것은 아니었으나 울분을 강하게 보여주고 싶었다.

"정훈아, 2주 뒤에 거기 축제인 거 알지? 거기서 잘하면 되지 않겠어? 모니터링도 그때니까 우리 MVP 되자. 너도나도."

팀장이 팔을 내 어깨에 둘렀다. 아주 무겁고 힘들었다.

인피니티 타운은 매년 다른 콘셉트로 축제를 열었다. 핼러윈, 콘서트, 장기자랑, e스포츠, 전통 놀이 등. 이번에는 운동회였다. 흥겨운 음악과 아이들의 웃음소리가 사방에서 들렸다. 나는 한 번도 가족과 함께 운동회를 즐긴 적이 없었다.

운동장 좌우에 파라솔이 꽂힌 나무 테이블이 촘촘히 놓여 있었다. 파라솔은 흰색과 파란색이었다. 우리는 옷 색과 같은 흰색 파라솔 쪽으로 향했다. 당연한 일이었지만, 혼자 있는 사람은 없었다. 동반인 말고도 휴머노이드나 반려동물, 혹은 로봇 펫이라도 곁에 두고 있었다.

"재밌겠다."

어머니는 생글생글 웃었다.

"어머니, 운동 잘하는 아들이 좋아?"

"우리 진성이는 공부만큼 운동도 잘했지. 아니 그냥 뭐든 잘했어. 걔가 바쁘지 않았다면 오늘 왔을 텐데. 근데 너도 팔다리 길쭉하니까 운동 좋아하지?"

어머니는 아들을 아직도 모르네. 나 봐. 나는 공부나 운동이 아니라 수다 떨기가 1등이잖아. 어머니 아들은 EQ가 높은 사람이라고. 그러나 마음과 달리 자신감 넘치는 미소를 지었다.

"내가 오늘 어머니한테 금메달 걸어 줄게."

"아이고, 그러다 다치지나 마라."

어머니는 빈말을 했다. 기대할 거면서. 파라솔 안쪽에 달린 스피커가 켜지고 사회자 음성이 나왔다.

"장내에 계신 귀빈 여러분, 안녕하십니까. 지금부터 인피니티 타운의 가을 운동회를 시작하겠습니다. 가족분들은 태블릿을 보시고 출전 종목을 선택해주시기 바랍니다. 고르실 수 있는 시간은 10분입니다."

음악이 나오고 대형 전광판에 붉은 M 자와 익숙한 시엠송이 나왔다. 남성형과 여성형 휴머노이드 두 기가 붉은색 알을 깨고 나왔다.

'인간보다 더 아름답고 정교한 몸, 빠르고 정확한 기억과 행동, 거기에 개성까지. 당신의 필요에 맞는 단 하나의 존재, 마코토 휴머니티 앤 테크놀로지.'

멋지다, 멋져. 도저히 경쟁상대가 되지 못할 것 같았다.

"종목이 많네."

어머니 목소리에 태블릿으로 눈을 돌렸다. 경기마다 추천 대상이 적혀 있었다. 사람, 사이보그, 휴머노이드, 펫. 사람만 출전하는 경기로 필터링하자 세 종목이 표시됐다.

"몇 개 선택해요?"

"세 개가 최대인가 봐."

어머니가 응원용 봉을 흔들었다. 울긋불긋한 도깨비 불이 눈앞에서 요란을 떨었다.

"하기 싫으면 안 해도 돼. 그냥 같이 구경하지 뭐."

"아냐, 오늘을 위해 갈고닦은 실력을 보여드려야지!"

갈고 닦긴 개뿔. 마음먹은 지 사흘 만에 아침 조깅을 포기했다. 사람 추천 종목 세 개를 모두 선택하고 출전 버튼을 눌렀다. 팀장의 말이 떠올랐다. '잘하면 좋지만, 못하더라도 무조건 열심히 해. 그래야 모니터링 온 사람한테 동정표라도 사는 거야. 결과보다는 과정, 그게 중요하지.' 정말 그럴까 하는 의구심이 들었지만, 최선을 다해보기로 했다. 어머니에게 금메달 약속도 했으니까.

"갯벌 달리기 참가자들은 운동장으로 나와 주시기 바랍니다."

음악과 함께 참가자가 있는 파라솔이 빙글빙글 돌아갔다. 우리 파라솔도 빙글빙글 돌았다. 어머니가 손바닥을 내밀었다. 짝, 소리 나게 마주치고 자리에서 일어났다.

앞선 사람들 머리카락이 햇빛을 받아 반짝였다. 사방에서 응원하는 소리가 들렸다. 마치 전쟁에 나가는 전사라도 된 기분이었다. 나는 기합을 넣을 겸 크게 소리를 질렀다.

운동장은 갯벌이 되어 있었다. 증강현실로 만든 파도와 갈매기 떼가 공간을 가득 채웠다. 짠 바다 내음도 났다. 행사 진행용 휴머노이드가 백팀과 청팀을 네 명씩 줄 맞춰 세웠다. 나는 첫 줄이었다. 트랙에는 점성을 조정할 수 있는 유기물이 깔려 있었다. 맨발에 진득하고 서늘한 감촉이 느껴졌다. 바지를 무릎까지 걷어 올렸다. 머리 위에서 앵앵거리는 소리가 들렸다. 카메라가 달린 소형 드론이었다. 렌즈를 향해 엄지를 추켜세웠다. 어머니가 태블릿으로 보고 있을 터였다.

"준비."

앞에 둔 왼발에 체중을 실었다. 뒷발을 꿈틀거리며 펄에서 뺄 준비를 했다. 처음 보다 끈적임이 강해져 있었다. 주먹을 힘껏 쥐고 정면을 노려봤다.

탕! 허공을 가르는 총성과 동시에 몸이 앞으로 고꾸라졌다. 풀같이 진득한 덩어리가 콧구멍과 입으로 들어왔다. 헉, 숨이 막혔다. 철퍼덕철퍼덕. 좌우에서 비슷한 소리가 들렸다. 나만 우스꽝스러워진 게 아니라 다행이었다. 상체를 일으키고 달리려 했으나, 앞이 잘 보이지 않았다. 급한 대로 네발로 기었다. 네 곳 중 힘이 집중되는 데가 금세 가라앉았다. 바닥은 끝없는 늪 같았다.

삑, 날카로운 호루라기 소리가 들렸다.

"1등 청팀!"

나를 붙들고 늘어지던 무게가 일순간 사라졌다. 멀리 왔겠지 싶었는데 출발선에서 고작 1미터 떨어진 곳이었다. 기분이 착 가라앉았다. 나만 빼고 모두 즐거운 것 같았다.

"다친 데는 없니?"

자리로 돌아가자, 어머니가 걱정스럽게 물었다.

"네."

 말이 짧게 나왔다. 사람 중에서도 덜떨어지는 아들을 어머니가 계속 좋아해 줄까 싶었다.

 "오전 경기를 모두 마쳤습니다. 식사는 그랜드 홀과 야외 정원에서 하실 수 있습니다. 편하신 곳으로 이동해주시기 바랍니다."

 우리는 그랜드 홀 쪽으로 향했다. 어머니는 오전 경기의 하이라이트 영상을 돌려보고 있었다. 내게도 보여줬지만, 하나도 눈에 들어오지 않았다.

 묘목이 있는 터에서 홀로 있는 사람이 보였다. 선글라스를 끼고 태블릿을 들고 있는 남자가 나를 보자마자 태블릿에 무언가를 입력하고 군중 속으로 사라졌다.

"어머, 박 교수님."

 그랜드 홀에 도착한 어머니가 창가 테이블로 다가갔다. 파란색 셔츠를 입은 머리가 벗겨진 노인이 일어나 어머니를 반겼다.

 "아이고, 오 대표님. 어디 계셨나 했더니, 백팀이었군요. 애들아, 인사드려라."

그 말에 세 식구가 일어나 고개를 숙였다. 삼십대로 보이는 남자는 밝은 주황색 머리를 하고 있었다. 입은 옷도 머리카락 색처럼 화려했다. 그 옆의 여자는 시원한 눈매와 갸름한 얼굴의 미인이었다. 깔끔한 검정 원피스가 군살 없는 몸매를 돋보이게 했다. 양 갈래로 머리카락을 묶은 대여섯 살 정도 돼 보이는 여자아이는 여자를 닮아 예쁘장했지만, 새침해 보였다. 노인이 내게 악수를 청했다.

"손자?"

"아니요. 아들입니다. 처음 뵙겠습니다."

'아들'에 힘주어 말했다. 노인이 테이블의 빈자리로 우리를 안내했다.

식사가 나오자, 박 노인이 아들 자랑을 시작했다. 아들 준상 씨는 9년 전 음악 공부를 하러 스웨덴에 갔고, 거기서 아내를 만나 결혼했다. 허례허식을 좋아하지 않아 식은 따로 올리지 않았다. 아버지로서는 좀 아쉽지만 요즘 애들 방식이니 존중해 줘야 한다고 생각한다. 인기 디제이라 공연 일정이 빽빽해 집에 있는 날이 별로 없다. 오늘도 바쁘면 오지 말라고 했건만, 무리해서 비행기를 타고 왔다. 자식이라고는 이놈 하나뿐인데 자주 못 봐 서운하다. 하지만 외국에서 잘 사는 놈을 한국에 들어오라고 할 수도 없지 않냐며 의견인지 질문인지 모를 말로 끝을 맺었다.

"저는 들어오고 싶죠. 근데 서울 집값이 워낙 비싸서……."

준상 씨가 해결 방안을 제시했다. 하지만 아버지는 마음에 들지 않았는지 마이크를 나에게 넘겼다.

"그건 그렇고, 어머님이랑 정말 많이 닮으셨네요. 눈매가 아주 똑같아요."

한 번도 생각해 보지 못했던 거라 말문이 막혔다. 어머니가 나를 보며 배시시 웃었다.

"그러게요. 두 분 웃는 게 정말 똑같네요. 저랑 아버지는 별로 안 닮았는데. 근데 아버지, 저 그냥 들어올까요?"

준상 씨가 질척댔다. 박 노인이 대꾸하지 않고 스테이크를 썰었다. 달그락대는 식기 소리가 신경질적으로 들렸다.

쨍그랑 무언가 바닥에 떨어졌다. 박 노인의 손녀가 포크를 집어 던진 것이었다. 준상 씨 부인이 하늘이 두 쪽 난 것 같은 표정으로 남편의 눈치를 봤다. 박 노인이 점잖게 냅킨으로 입가를 정리하고 의자를 뒤로 뺐다.

"손녀가 지루한가 보네요. 저희는 먼저 일어나겠습니다."

어머니는 그들이 홀 밖으로 사라질 때까지 지켜봤다. 나는 문득 김진성의 가족들이 궁금했다. 아내와 딸이 있다고 했는데, 그들은 가끔 어머니를 찾아올까? 아니면 먼 타국 땅에 사는 걸까.

"와인 한잔할래?"

나는 웃으며 고개를 끄덕였다.

"여기 로마네 콩티 두 잔."

꽤 멀리 있는데도 웨이터가 어머니의 주문을 정확히 접수했다. 뒤에 있던 웨이터가 와인 두 잔을 들고 왔다. 통신을 주고받은 모양이었다. 어머니가 잔을 들며 말했다.

"너무 애쓰지 않아도 돼."

나는 '네'하며 어머니를 따라 웃었다. 하지만 그 말이 곧이곧대로 들리지 않았다. 나한테는 아무런 기대도 없다는 뜻일까. 우리는 속마음을 숨기고 경쾌하게 잔을 부딪쳤다.

혀는 솔직했다. 지금까지 마셨던 것과는 차원이 달랐다. 자기가 심어진 땅의 햇살과 바람과 비의 기운을 흠뻑 머금은 과즙은 달콤하면서도 새콤하고 매우면서도 시고 짰다. 좋은 땅과 좋은 날씨, 두 축복을 받아 특급품으로 자란 포도가 최고급 와인이 되는 것은 당연한 일이었다. 나는 막연한 미래의 걱정보다 와인이 주는 현재의 감각에 집중했다. 충분히 맛을 음미하고 목구멍으로 넘겼다. 알싸한 알코올 향이 올라왔다. 긴장이 좀 풀리는 것 같았다.

두 번째 출전 경기는 장애물 매달리기였다. 그물, 뜀틀, 원통, 허들, 평균대가 있는 레일 끝에 검정 천으로 가려진 물건들이 있었다. 물건은 제각각이었다. 공중 곡예에서 쓰일 법한 화려한 훌라후프, 버스 손잡이, 의자, 튜브, 바나나, 철봉, 밧줄, 머리카락, 수저, 고무줄, 풍선 등 황당한 물건에 매달리는 참가자들을 보는 재미가 있었다.

나는 제일 먼저 들어와 가장 커다란 천을 젖혔다. 아무것도 없나 했더니 작은 반지가 달려 있었다. 검지 끝마디를 반지에 끼고 몸을 맡긴 순간, 반지가 뚝 끊겼다. 흙바닥을 뒹굴고, 그대로 탈락이었다. 그 작은 게 내 몸을 감당할 리 없었다.

어머니에게 끊어진 반지를 내밀었다. 어머니는 되다만 원을 보고도 웃어줬다. 반지를 어머니 손가락에 끼우고 크기를 맞췄다. 어머니는 로마네 콩티를 한 잔 더 주문했다. 약간 취하자 그런대로 흥겹고 재밌었다.

여흥이 깨진 건 화장실을 다녀오는 길에서였다.

"이렇게 시간만 보낼 겁니까? 맡은 역할을 잘해 주셔야죠."

귀에 익은 목소리였다. 주황색 머리카락이었다.

"추가 비용도 드렸으니 책임지고 해주세요. 애도 좀……."

"네."

본의 아니게 엿듣는 꼴이 돼 버렸다. 준상 씨는 위협적인 한

숨을 내쉬고 자리를 떴다. 여자가 쪼그려 앉아 아이에게 시선을 맞췄다.

"예슬아, 할아버지한테 애교 더 부려야 해."

"집에 가고 싶어."

"엄마도. 근데 이거 끝나야 갈 수 있어. 우리 예슬이 잘할 수 있지?"

엄마는 아이에게 기어코 '응'이라는 대답을 듣고서 일어섰다. 나는 무대 뒤 배우의 민 낯을 봐 버린 관객처럼 민망했다.

"마지막 경기에 참여하시는 분들은 운동장으로 내려와주시기 바랍니다."

운동장 한가운데 커다란 회전목마가 설치돼 있었다. 오래된 놀이공원에서나 볼 법한 것이었다. 사회자는 처음과 다름없이 활기차게 경기를 소개했다.

"룰은 아주 간단합니다. 노래가 끝날 때까지 회전목마에서 내려오지 않는 것입니다. 오늘의 하이라이트, 바로 시작하겠습니다."

호루라기 소리에 맞춰 참가자들이 회전목마로 달려갔다. 조랑말과 포니, 우아한 백마와 커다란 흑마, 윤기 나는 갈색 말

등 오 십여 마리의 각양각색 말이 원판에 붙어 있었다. 나는 걸음이 잘 떨어지지 않았다. 기권할까 싶었지만, 어머니에게 금메달을 걸어주겠다고 한 약속 때문에 돌아설 수 없었다.

내가 도착했을 때 남은 말은 단 하나였다. 여포의 적토마처럼 붉고 큰 놈. 속으로 되뇌었다. 그냥 게임일 뿐이다. 등자를 밟고 말에 올랐다. 탱고 음악이 나왔다. 느린 선율에 맞춰 춤추듯 목마가 움직였다.

처음이자 마지막이었던 가족 여행은 서울 근교의 구식 놀이공원이었다. 타고 싶은 놀이기구를 마음껏 타고, 먹고 싶은 음식도 양껏 먹었다. 꿈 같은 날이었다. 해가 지고, 이제 가자는 엄마에게 '한 번만'을 외치며 회전목마를 탔다. 반짝반짝했던 전구 불빛, 밖에서 손을 흔들어 주던 부모님. 한 바퀴, 두 바퀴, 세 바퀴. 기분 좋게 잠이 들었다.

눈을 떴을 때는 한밤중이었다. 비몽사몽인 상태로 화장실에 다녀왔는데, 오른쪽 자리가 허전했다. 왼쪽에 누운 아버지가 뒤척였다. 서늘한 무언가가 가슴을 훑고 지나갔다. 방은 아무 것도 보이지 않을 정도로 캄캄했지만, 이불을 머리끝까지 뒤집어쓰고 눈을 질끈 감았다.

나는 회전목마에 있었다. 한 바퀴 돌 때마다 엄마가 점점 멀어졌다. 내리고 싶었다. 하지만 말은 멈추지 않고 계속 돌았다.

나는 그날 처음 가위에 눌렸다.

다음 날 할머니가 오셨고, 엄마 이야기는 금기가 됐다.

탱고의 리듬이 빨라졌다. 말은 위아래는 물론이고 360도 빙그르르 돌았다. 손에 땀이 흥건했다. 눈을 감고 빨리 끝나라고 속으로 빌었다. 음악이 클라이맥스에 다다르자, 목마는 원판에서 벗어나고 싶은 듯 거세게 몸부림쳤다. 비명도 나오지 않았다. 고삐를 단단히 부여잡고 허벅지로 목마를 꽉 조였다. 버텨야 한다. 이겨내야 한다. 견뎌야 한다. 그렇지 않으면 또 떠날 것만 같았다.

땅이 위에 있고 하늘이 아래에 있다고 느낀 순간, 음악이 끊기고 바닥으로 떨어졌다. 푹신한 매트 위였다. 누군가 나를 부축해 일으켰다. 그리고 나를 데리고 어딘가로 올라갔다.

"소감 한 말씀 부탁드립니다. 최종 우승자, 김진성 씨!"

단상 위였다. 웨이터와 똑같이 생긴 사회자가 웃고 있었다. 드론 렌즈를 포함한 수천 쌍의 눈동자가 나를 보고 있었다. 아무 생각도 나지 않았다. 목구멍에 칼칼하게 걸려있던 단어를 뱉었다.

"엄마."

눈물이 핑 돌았다. 방금 이겨낸 고난 때문인지, 눈에 들어간 먼지 때문인지, 처음 받아본 박수 세례 때문인지 알 수 없었다.

행사 진행용 휴머노이드의 부축을 받으며 계단을 천천히 내려갔다. 다리가 후들거리고 속이 울렁거렸다. 침이 고이더니 위장이 수축하며 먹은 걸 게워 냈다. 땅이 붉게 물들었다. 로마네 콩티, 저 비싼 술을 토해 버리다니. 버려진 시간이 아까웠다.

메달을 걸어주자, 어머니는 손뼉을 치며 좋아했다. 그뿐이었다. 하긴, 남부러운 것 없는 분이 이런 장난감이 뭐가 좋겠나 싶어 피식 웃음이 났다. 어머니가 등을 토닥였다.
"고생했어. 원래 노는 게 제일 힘들어."
우리는 사람들이 모두 떠난 후 천천히 운동장을 나섰다.
"재밌었어요?"
"응."
어머니 얼굴에 쓸쓸함이 묻어났다.
"나 너무 못했죠?"
속마음이 튀어나왔다.
"아니. 잘했어. 너 보면서 우리 진성이 생각도 나고 좋았어. 한 번도 직접 본 적 없었는데. 진성이 운동회."
나는 입을 다물었다. 과거는 단단한 화석 같아서 비집고 들어갈 틈이 없었다. 우린 돌덩이처럼 차가워진 서로의 손을 맞잡고 걸었다. 하루가 마지막 남은 붉은 빛을 길게 토해내고 있었다.

  화장실에서 옷을 갈아입었다. 메이크업은 지워졌고, 머리는 엉망이었다. 18시 50분, 약속한 아홉 시간을 위해서는 십 분을 더 채워야 했다. 게다가 오늘은 모니터링이니 칼같이 맞춰야 했다. 시간이 남아도 안 되고 넘쳐도 안 됐다.

  지은 씨는 어제부로 퇴사했다. 예상보다 휴머노이드의 학습 속도가 빨라서 교육이 일찍 끝났다고 했다. 지은 씨에게 아이니드 유 추천인 아이디를 알려줬다. 지은 씨는 됐다며 고향으로 내려간다고 했다. 나는 엄한 놈 만나 퇴직금이나 날리지 말라고 충고했다. 지은 씨는 내가 게을러서는 곧 굶어 죽을 거라고 장담했다. 우리는 그렇게 마지막 인사를 나눴다. 장난과 과장, 허세와 오기라도 부리지 않으면 견딜 수 없었다.

  거울 속 울적한 남자의 입꼬리를 쭉 끌어 올렸다. 배시시 웃는 표정이 만들어졌다. 역시, 나는 어머니와 하나도 닮지 않았다. 어머니는 이렇게 만든 웃음 따윈 필요 없을 테니까.

  거실이 어두웠다. 창밖은 짙은 남색으로 변해 있었다. 소파에 앉은 어머니 곁에 누군가 있었다. 발소리를 죽이고 조심스레 다가갔다.

 김진성이었다. 어머니는 완벽한 아들 어깨에 기대 잠들어 있었다. 매끈한 피부와 뚜렷한 이목구비, 풍성한 머리숱과 비율 좋은 골격. 그가 나를 봤다. 유리알 같은 눈이 반짝였다. 어머니와 매우 닮아 보였다. 손을 들어 인사했다. 아무 반응이 없었다. 어머니 이외 다른 사람은 인식하지 않는 건가 싶었다. 어머니에게 가까이 가려 하자, 아들이 손바닥을 내보였다. 그리고 검지를 입술에 가져갔다.

 난 어머니를 깨우려던 게 아니었다. 인사를 하고 싶을 뿐이었다. 지잉, 바지 주머니에서 알람이 울렸다. 나가라는 신호였다.

 방문을 열기 전, 잠시 멈췄다. 뒤돌아보고 싶었다. 어머니가 지금 얼마나 행복한지 궁금했다. 하지만 꾹 참고 문을 열고 나갔다. 지난 시간에 미련을 둔 소금 기둥이 되고 싶지는 않았다.

 안내 데스크에 예쁜 여직원이 서 있었다. 가까이 다가가자 상냥한 목소리로 물었다.

 "무엇을 도와드릴까요?"

 "춤출 수 있어요?"

 여직원의 유리알 같은 눈이 투명하게 빛났다.

"어떤 층 말씀인가요?"

"층 말고 춤."

그녀는 아름다운 미소를 지으며 고개를 모로 까딱했다. 귀찮은 질문을 받을 때 모르는 척 응대하는 지은 씨의 모습이었다.

"춤 말이에요, 춤."

기분이 상했다. 지은 씨는 인피니티 타운 거주자도 아닌 나랑 춤도 춰주고 대화도 해주고 술도 마셔줬다.

노래를 틀었다. 쿵작쿵작 쿵작쿵작. 로비에 트로트 멜로디가 쩌렁쩌렁 울렸다. 나는 손과 엉덩이를 신나게 흔들었다. 여직원은 움직이지 않았다. 똑같이 생긴 다른 여직원들도 마찬가지였다. 아무도 그때처럼 엉덩이를 실룩이거나 손을 흔들지 않았다. 나는 앞에 있는 여직원의 손을 잡고 위아래로 흔들었다. 그것은 풍선 인형처럼 어떤 저항도 없이 내 힘을 따라 움직였다.

사라졌구나. 지은 씨가 사라졌다. 필요한 것들만 배운 이것은 지은 씨가 될 수 없었다.

툭, 음악이 끊겼다. 뚱뚱하고 키가 작은 보안요원이 내 휴대폰을 들고 있었다. 그는 고갯짓으로 밖을 가리켰다. 나는 휴대폰을 돌려받고 순순히 물러났다.

바람이 불었다. 등에 난 땀이 식으며 한기가 느껴졌다.

징, 휴대폰 진동이 울렸다. 팀장이었다.

'수고했어. 오늘은 시간 잘 맞췄네. 정성평가 결과는 2~3일 걸린 대. 쉬었다가 결과 나오면 보자. 그리고 일당 지급됐다.'

휴대폰을 껐다. 나는 신이 나도록 머리와 팔, 허리와 엉덩이, 발과 다리를 움직였다. 흥겨워지고 싶었다. 그러기 위해 지금 할 수 있는 일은 이것뿐이었다.

춤 춤. 나는 원판에서 벗어나고 싶은 목마처럼 사정없이 몸을 돌렸다. 어디선가 반짝반짝한 노래가 들렸다.

비하인드 스토리

· 아이디어 스케치

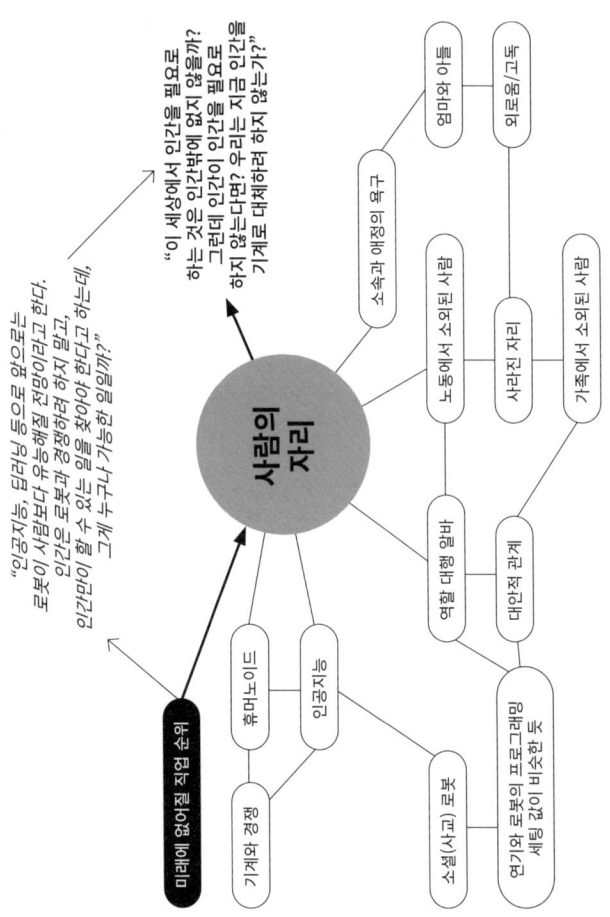

· **발상에 도움을 준 이야기**

> 사람을 돌보는 기계라는 발상은 우리가 서로에게서 벗어날 수도 있다는 판타지를 제공한다. 컴퓨터 판사, 컴퓨터 상담자, 컴퓨터 교사, 컴퓨터 목사가 나오길 고대한다고 말하는 건, 그만큼 우리를 돌보지 않았거나 편견을 갖고 대했거나 심지어 학대를 해온 사람들한테 실망을 했다는 이야기다. 이런 실망감이 기계의 돌보는 연기를 충분한 것처럼 보이게 만들기 시작한다. 우리는 프로그램의 이해력 부족은 제쳐 둔 채 실제보다 더 잘 이해하는 것처럼 보이게 하는 작업에 기꺼이 나선다. 사람의 대체물이 있다는 판타지를 만들어내고자 함이다. 이것이 '엘리자 효과'(컴퓨터의 행위가 인간의 행위와 비슷하다고 무의식적으로 가정하는 경향—옮긴이)의 배경이다.
>
> • 셰리 터클(Turkle, Sherry) 지음, 이은주 옮김, 『외로워지는 사람들 : 테크놀로지가 인간관계를 조정한다』, 청림출판, 2012. (p. 457)

- 정지훈 지음, 『거의 모든 인터넷의 역사 : 우리가 지금껏 알지 못했던 인터넷 혁명의 순간들』, 메디치, 2014.

- 피터 힌센(Hinssen, Peter) 지음, 이영진 옮김, 『뉴 노멀 : 디지털 혁명 제2막의 시작』, 흐름출판, 2014.

- 필립 K. 딕(Dick, Philip K.) 지음, 이선주 옮김, 『안드로이드는 전기양을 꿈꾸는가?』, 황금가지, 2008.

- 한국과학기술기획평가원(KISTEP)·과학기술정보통신부, 『소셜 로봇의 미래 : 2019년 기술영향평가 결과』, 한국과학기술기획평가원, 2020.

· **설정**

2035년 정도, 가까운 미래에 인공지능과 휴머노이드가 대부분의 일자리를 차지했다. 사람들은 일하고 싶어도 마땅한 일자리가 없다. 정부는 기업 매출에 따라 사람 고용 할당량을 정했다. 기업들은 사람이 필요치 않은데도 그들을 위한 자리를 만들어야 한다. 허드렛일인데도 고학력자들이 몰린다. 자산과 수입이 없는 사람들은 기본 소득을 받을 수 있지만, 딱 먹고살 만큼의 돈이다. 모으거나 불려서 더 나은 미래를 꿈꾸기에는 턱없이 부족하다. 사람들은 넘을 수 없는 빈부 격차에 무기력해진다.

인피니티 타운은 인피니티 그룹 메디컬단지 내 고급 실버타운이다. 종합병원, 제약 연구소, R&D센터와 함께 있다. 2020년에 첫 삽을 떠 2025년 완공했다. 현재 10년 차다. A동은 고급 호텔 같다. 총 2,000실로 30평부터 50평까지 크기가 다양하다. B동은 거동하지 못하는 노인, C동은 신체나 정신적인 면에서 돌봄이 필요한 노인들이 거주하는 요양 보호시설이다. 최고 시설과 의료 서비스를 자랑한다. 신체적, 정신적, 심리적 건강관리와 프로그램, 식단 등 모든 것을 개별 맞춤으로 제공한다. 최근 서비스 직원을 휴머노이드로 교체하고, 직원들이 쓰던 숙소를 게스트룸으로 리모델링 중이다.

작가노트

 이 작품은 제목을 정말 많이 바꿨습니다. 지금 제목이 될 때까지 무려 13번이나 제목을 바꿨네요. 그만큼 안에 담고 싶은 이야기가 많았다는 것일 수 있지요.

 2017년 초고 때는 '**당신은 어떤 나를 꿈꾸는가?**'였습니다. 당시 감명 깊게 읽었던 필립 K. 딕의 '안드로이드는 전기양을 꿈꾸는가?'를 오마주한 제목이었는데, 그 소설을 모르는 분들은 무슨 뜻인지 잘 와닿지 않을 듯하여 소설 속 애플리케이션 이름인 '**아이 니드 유(I Need You)**'로 바꿨습니다. 나는 당신이 필요하다는 주제를 직접적으로 표현했지만, 임팩트가 부족해 보였습니다. 그래서 아이를 빼고 '**니드 유**'로 바꿨다가 심심한 듯하여 '**늉육**'으로 바꿨습니다. 갑자기 이게 뭔가 싶으시죠?

 숫자 6이 바로 있을 때와 거꾸로 있을 때 사람과 사람이 포옹하는 모습을 위에서 본 느낌 같다고 생각해 붙여봤습니다. 너무 나갔죠? 그래

서 다시 돌아왔습니다. 좀 더 쉽고 이야기 핵심에 닿는 게 무엇일까 고민하다가 **'당신의 롤모델'**로 바꿨습니다. '롤모델'로만 했다가, 그냥 '롤(Role)'로 줄였습니다. 하지만 이것도 딱히 와닿지 않았습니다. 주인공이 연기를 하고 있으니 **'액트(Act)'**라고 했는데, 너무 흔한 것 같아 다시 고민했습니다.

생각이 점점 뻗어 나가 새로운 인간이라는 뜻으로 **'호모 누보스(Homo novus)'**까지 가더라고요. 하지만 아닌 것 같아 **'텅 빈 공명'**을 붙여봤습니다. 아니다 싶어 다시 연기 쪽으로 돌아갔죠. 러시아 연극 연출가 스타니슬랍스키가 창안한 유명한 연기법인 **'메소드'**가 생각났고, 찾아보니까 컴퓨터 프로그래밍 용어로도 쓰이더라고요. 이거구나 했지만, 부천스토리텔링아카데미 졸업작품으로 낼 때는 **'대체 불가한 대안적 관계에 관하여'**라는 제목으로 냈습니다. 그것도 나쁘지는 않았지만, 작가인 저도 제목이 헷갈리더라고요. 그래서 퇴고하며 바꿨습니다. **'0과 1 사이'**로. 그런데 김보영 작가님 소설 중에도 이 제목이 있더라고요. 그래서 또 바꿨습니다. 마지막으로 **'춤 춤'**.

와, 멀고도 험하네요. 어떤 제목이 가장 괜찮나요?

이 소설은 제가 처음으로 쓴 SF 비슷한 무언가라서 나름대로 애착을 갖고 꾸준히 퇴고했습니다. 그래서 이 이야기를 네 번이나 읽어 준 분들이 계십니다. 비슷비슷한 내용인데 굳이 다른 할 말을 찾느라 고생하셨을 합평 모임 <슈퍼버드> 멤버분들에게 감사의 마음 전합니다. 이제 새로운 이야기 들고 갈게요.

  이번에 퇴고하며 정훈의 성격이 많이 바뀌었습니다. 저는 소년 만화 주인공처럼 의욕은 있지만, 아직 좀 부족한 성장형 캐릭터를 좋아합니다. 정훈도 그런 친구 같아요. 정훈도 곧 자기 자리를 찾겠지요? 감성지능(EQ)이 높은 친구니까요.

  기회가 되면 인피니티 타운에서 벌어지는 범죄물을 만들고 싶습니다. 돈이 있는 곳에는 항상 문제가 생기잖아요. 이와 비슷한 이야기가 사회고발 다큐로 나올 것 같은데, 그 전에 빨리 써야겠습니다. 이야기는 사회보다 한 발짝 앞서 나가지요. 그게 이야기의 매력인 것 같습니다.

· 창작의 과정

2017.07	초고
2021.09.16	대전정보문화산업진흥원 「제8회 과학소재 장르문학 단편소설 공모전」 본선 진출
2023.06	부천스토리텔링아카데미 1기 졸업 작품집 수록
2023.10	퇴고

단편소설

요람의 괴물

이 작품은 부천스토리텔링아카데미 졸업 작품을 바탕으로 한 것입니다.

복숭아나무가 있는 곳에 신선이 산다.

늙지도 않고 죽지도 않는 사람. 나는 그 이야기를 진짜로 믿었다.

할아버지는 어두운 굴방에 온종일 누워 계실 때가 많았다. 아버지는 늙으면 다들 그렇다고 하셨다. 부모님은 항상 먹을 것 구하는 일에 바빴고, 심심함을 달래 줄 사람은 할아버지밖에 없었다. 또래들도 있었지만, 서른두 명 중 마음 맞는 애가 없었다.

혼자 노는 게 지겨워지면 할아버지 곁으로 가 신선 이야기를 해달라고 졸랐다. 할아버지는 머리맡의 불을 켜고, 모로 누워 내가 누울 자리를 마련해 주셨다. 나는 할아버지 가슴에 귀를 바짝 붙이고 이야기를 기다렸다.

"옛날 옛적에 이 세상이 만들어졌을 때, 세상을 조율하는 환님이 복숭아나무 정원을 만드셨단다. 사시사철 따사로운 햇살이 비추고, 상쾌한 바람이 불고, 깨끗한 물이 흐르고, 나무와 꽃이 있는 아주 근사한 곳이지."

"따사로운 햇살이 뭐예요? 상쾌한 바람은요? 나무와 꽃은 어떻게 생겼어요?"

내 궁금증은 늘 같았고, 할아버지의 설명은 매번 달랐다. 할아버지는 햇살이 사랑하는 연인의 입술 같은 거라고 했다가, 우리가 깔고 누운 온열석의 10배쯤 되는 온도라고 했다가, 화가 난 신의 눈동자라고도 했다. 다른 할아버지들에게 물어본 것을 종합해 보자면, 햇살이란 커다란 빛과 열을 내는 에너지가 대기에 걸러져 행성에 닿는 것이었다. 그 빛은 매우 밝다고 했다. 눈을 뜰 수 없을 만큼.

상쾌한 바람에 대한 설명 중 기억에 남는 건 머리카락을 흔든다는 것이었는데, 그 말을 듣자마자 나는 '에이, 그런 게 어딨어요.'라며 웃었다. 새끼손톱만큼도 안되는 짧은 머리카락이 어떻게 흔들린단 말인가. 할아버지는 신선의 머리카락은 길다고 하셨다. 그건 더 말이 안 됐다. 31이 벌레의 다리를 모으는 것처럼 말이다. 만약 그게 사실이라면 신선은 쓸데없는 것을 좋아하는 게 분명했다. 그래서 외톨이가 된 건가? 신선은 복숭아나무 정원에서 혼자 산다고 했다.

신선 이야기에서 가장 상상하기 어려웠던 것은 나무와 꽃이었다. 특히 초록색은 도저히 감이 오지 않았다. 할아버지도 초록색만큼은 자기 할아버지에게 들었던 그대로 말씀해 주셨다.

"우리는 초록색이 가득한 세상으로 가는 중이란다. 초록색은 식물이라고 불리는 나뭇잎과 풀잎의 색깔인데, 이 식물들은 생명력이 아주 대단하단다. 죽은 듯 보여도 시간이 지나면 다시 살아나지. 생명력이 넘치는 세계, 우리는 거기서 다른 세상을 만들 거야."

마을 애들은 그런 세상은 없다고 했다. 할아버지는 달라진 내 냄새를 맡고 이렇게 말씀하셨다.

"파티, 넌 그 세상에 갈 수 있어. 운명의 아이잖니."

나는 33이었지만, 할아버지는 나를 파티라고 부르셨다. 우리 이름은 모두 숫자였다. 마을의 아이들은 항상 서른셋이었다. 아버지는 24였고, 어머니는 27이었다. 할아버지는 30이었다. 난 33보다 파티라는 이름이 더 좋았다.

"파티가 뭐예요?"

"운명이라는 뜻이란다. 내가 어릴 적에 어머니한테 배운 말이지."

"운명은 뭔데요?"

할아버지가 내 머리에 뺨을 대고 말했다. 목소리가 더 또렷하게 들렸다.

"운명은 인간을 포함한 모든 것을 지배하는 초월적인 힘이란다. 그 힘을 거스른 사람은 영웅이나 괴물로 불리지."

"괴물은 싫어요. 영웅은 좋지만."

할아버지가 희미한 불빛에 손을 가져갔다. 천장에 커다란 그림자가 어른거렸다.

"영웅과 괴물은 같단다. 보는 쪽에 따라 다른 이름이 되는 것뿐이야."

둥글었던 그림자가 날카로운 갈고리가 되어 다가왔다.

"운명을 거스르지 않으면 되나요?"

"그건, 네 선택이지."

"괴물이 되기 싫어요. 영웅도 안 할래요."

"파티, 아무것도 하지 않는 것 역시 선택이야."

나는 눈을 감고 할아버지 품으로 깊숙이 파고들었다. 세상의 소음을 잊게 할 만큼 평온한 냄새가 났다.

"신선은 어떻게 생겼어요?"

"하얀 피부에, 검은색 긴 머리카락에, 몸에 딱 붙는 회색 옷을 입었지. 우리랑 달리 이빨도 가지런하고, 눈과 귀도 온전해."

"보고 싶어요."

할아버지가 등을 토닥이며 말했다.

"파티, 만약 신선을 만난다면 조심해야 해. 그들은 우리를 아주 싫어하거든."

포도송이처럼 다닥다닥 매달린 쳄버 하나에 초록 불이 들어왔다. 쳄버가 바닥으로 내려오며 해동액이 안으로 들어왔다. 혈액과 함께 나노 봇이 혈관에 주입됐다.

진행률 78%, 공기가 해동액을 밀어냈다. 팔뚝에 선약이 주사됐다. 진행률 90%, 가슴에 부착된 패드로 전기 자극이 흘러갔다. 몸이 들썩이고, 심장 박동이 시작됐다. 가슴이 부풀어 오르며 눈을 떴다. 진행률 막대가 모두 초록색으로 채워지고 쳄버 문이 열렸다. 무릎과 허리가 꺾이며 S가 밖으로 쏟아지듯 나왔다. 헉, 하는 신음이 메아리가 되어 공간을 울렸다. 스피커에서 차분한 음성이 나왔다.

- *무사히 깨어난 것을 축하드립니다. 초록색 빛을 따라 회복실로 이동*

해 주십시오.

S는 천천히 균형을 잡으며 일어섰다. 이빨을 딱딱 부딪치며 몸을 사시나무 떨듯 떨었다. 한 발 한 발 초록 불빛을 따라 비틀비틀 걸었다. 초록빛은 문밖으로 이어져 있었다.

한참 후 막다른 곳이 나왔다. 둥근 문 가운데 붉은 버튼을 누르자 기압 빠지는 소리와 함께 좌우로 문이 열렸다. 방은 오렌지색 안개로 가득 차 있었다. 발을 들여놓자, 몸이 둥실 떠올랐다. 따스한 수증기가 콧속으로 들어갔다. S는 태아처럼 몸을 웅크리고 눈을 감았다.

왼쪽 어깨에 붙였던 오른손을 허벅지로 빠르게 내렸다. 하지만 31은 아랑곳하지 않았다. 다시 한번 강하게 '비켜'라고 했지만, 여전히 검지를 아랫입술에 댄 채 길을 막고 있었다. 31을 때리고 싶지 않았다. 바닥에 주저앉았다. 진동이 꼬리뼈를 타고 머리끝까지 전달됐다. 마을 밖은 말소리를 알아들을 수 없을 만큼 시끄러웠다. 물을 구하러 가는 이 구간은 특히 더 심했다.

31의 냄새가 가까워졌다. 31이 바짝 붙어 앉았다. 나는 옆으로 떨어졌다. 31이 따라붙었다. 멀어지는 것을 포기하고 무릎을 감싼 팔에 얼굴을 묻었다. 31은 영악했다. 만만한 나한테만 이랬다. 몇 번이나 거절했는데도 내가 혼자일 때를 귀신 같이 알고 찾아와 관계를 맺자고 했다. 이유는 뻔했다. 누구라도 임신하면 귀한 대접을 받으니까. 나는 31과 관계할 생각이 전혀 없었다. 다른 애들과도 마찬가지였다. 계속 이런 식이면 마을에서 쫓겨날 것을 알고 있지만, 원하지 않는 것을 억지로 하고 싶지는 않았다.

오늘도 마실 물을 가져오지 않으면 28이 난리를 칠 터였다. 나는 또래 중 가장 약한데 이상하게도 궂은일은 항상 내 차지였다. 28이라면 나보다 훨씬 쉽게 더 많은 물을 구해올 수 있을 텐데. 하지만 아무도 28에게 그런 말을 하지 않았다. 그는 벌레 사육 담당이었다. 투박한 손으로 작고 빠른 것들을 다루기 힘들 텐데도 말이다. 부모님들은 이제 마을 일에 관여하지 않았다. 우리 또래가 아이를 낳은 후부터 그랬다. 부모님들은 할아버지가 되어 아이들을 돌보고 옛날이야기를 들려줬다. 그리고 할아버지들은 순서대로 심연의 우주로 떠났다.

31의 냄새가 달라졌다. 슬며시 몸을 기대왔다. 나는 31을 바닥으로 눕혔다. 31이 다리를 벌렸다. 31의 팔목을 누르고 잽싸게 몸 위를 지나쳐 달렸다. 쿵, 31이 벽을 치는 소리가 울렸다.

31의 냄새가 바짝 따라붙었다. 철골 다리가 보였다. 저기만

지나면 얼음 동굴이었다. 31도 거기까지는 쫓아오지 않을 것이다. 귀신이 있으니까.

중간쯤 왔을 때 골짜기 밑에서 붉은빛이 생겼다. 용오름이 온다는 표시였다. 빨리 건너야 했다. 저기에 휩쓸린 사람 중 살아 돌아온 사람은 한 명도 없었다. 숨이 턱까지 찼지만, 멈추지 않았다. 반대편에 거의 도착했을 때, 굉음과 함께 몸이 건너편 원통으로 날아갔다.

뒤를 돌아봤다. 거대한 돌풍이 다리를 집어삼켰다. 31이 다리에 매달려 있었다. 곧 휩쓸릴 듯했다. 31을 두고 갈 수는 없었다. 자세를 낮춰 31에게 다가갔다. 바람 때문에 몸이 오른쪽으로 쏠렸다. 반대로 힘을 주며 31을 다리 위로 끌어올린 순간, 용오름이 멈췄다. 버티던 힘이 나를 아래로 떨어트렸.

하늘에 있는 심연의 우주가 점점 멀어졌다.

S는 어깨를 치는 감각에 눈을 떴다. 수증기가 걷히고, 희미한 편백 냄새가 났다. 문 옆 안전바를 잡은 여자가 거꾸로 보였다.

"나오세요. 무중력 상태에서는 옷 입기 힘드니까."

여자가 내민 손을 잡고 밖으로 나오자 다시 돌아온 무게에 다리가 휘청거렸다. 여자가 비닐 포장된 옷을 S에게 건넸다.

여자가 입은 것과 같은 점프 슈트였다. 여자가 좁은 원통형 통로로 들어갔다. 허리를 숙여야 할 정도로 천장이 낮고, 진동과 소음이 심했다. S는 아무것도 기억나지 않았지만, 몸은 익숙했다.

멀리서 빛이 보였다. 끝에 다다르자 넓은 공간이 나왔다. 밝은 빛에 눈을 뜨기 힘들었다. 어느 정도 익숙해진 후, 공간을 둘러봤다. 커다란 돔으로 된 정원이었다. 천장까지 뻗은 나무가 중앙에 있었고, 주변에 알록달록한 꽃과 나무가 가득했다.

여자가 가까운 나무에 달린 주먹만 한 열매를 따서 S에게 건넸다. 옅은 핑크빛 표면에 까슬까슬한 잔털이 나 있었다. S는 달콤한 냄새에 침이 고였다. 크게 한입 베어 물자 과즙이 턱을 타고 흘러내렸다.

"이거 진짜예요?"

S가 물었다. 여자가 나뭇가지를 꺾었다. 가지에 매달린 초록 잎사귀들이 파르르 떨렸다.

"물론이죠."

S는 여자의 말이 이상하다고 느꼈다. 머릿속 두꺼운 천이 한 겹 벗겨진 후 가장 먼저 생각난 것은 우주로 가기 위한 가상 훈련이었다. 그것은 환

의 목소리를 듣고 잠에서 깨는 것에서 시작했다. 하지만 S는 방금 여자의 어떤 부분에서 이상함을 느끼는 것인지 정확히 집어내지 못했다. 떠오르는 건 파편 뿐이었다. S는 나무 아래 봉긋하게 솟아오른 흙무더기를 바라봤다. 여자가 나뭇가지로 S의 어깨를 툭 쳤다. 사륵사륵 이파리 부딪히는 소리가 났다.

"한숨 자면 좀 나아질 거예요."

여자가 S의 손목을 잡고 커다란 나무 쪽으로 걸어갔다. 맑은 시냇물이 혈관처럼 사방으로 이어져 있었다. 푹신한 흙바닥이 나왔다. 타원형 수면 캡슐이 있었다. 여자가 캡슐 윗면을 누르자, 덮개가 절반으로 갈라지며 위아래로 열렸다. S가 눕자, 쿠션이 몸에 맞게 부풀어 올랐다.

"좋은 꿈 꿔요."

반투명 덮개 너머로 흐릿한 여자의 모습이 멀어졌다. 빛이 사라지고 S는 눈을 감았다.

떨어지는 속도가 점점 느려졌다. 코앞에 손을 가져가도 보이지 않을 만큼 깜깜했다. 손을 위아래로 휘저었다. 그러다 손바닥에 무언가 닿았다. 그러쥐었다. 다리가 원호를 그리며 벽에 닿았다. 다른 손으로 주변을 더듬었다. 우둘투둘한 표면이 느껴졌다. 단단한 네모와 동그라미 중 약간 흔들리는 것이 있었다. 손가락에 힘을 주어 그 위를 훑고 지나가자 쑥 안으로 들어갔다. 손잡이가 이동하며 빛이 생겼다. 몸이 빨려 들어갔다.

 날카로운 것들이 살갗을 할퀴었다. 코를 찌르는 매운 냄새가 났다. 한참을 구르다 푹신한 곳에 몸이 멈췄다. 아무 소리도 들리지 않았다. 바닥 떨림도, 메아리도, 갑작스러운 굉음도 없었다. 단지 강한 빛 때문에 눈이 아팠다. 그리고 한 번도 맡아보지 못한 냄새가 다가왔다. 점점 가까워지더니 머리에 무언가 닿았다. 이빨을 내보이며 손을 휘저었다. 냄새가 멀어졌다. 잠시 후 빛이 줄어들었다. 냄새가 다시 가까워졌지만, 아까보다 멀었다. 나는 냄새가 나는 쪽을 향해 천천히 고개를 들고 눈을 떴다.

 신선이었다. 긴 머리카락이 바람에 흔들리는. 신선은 호기심 어린 표정으로 나를 바라봤다.

"잘 잤어요?"

수면 캡슐이 열리고 여자가 얼굴을 내밀었다. 향긋한 꽃냄새가 났다. 냉동 수면에서 깨면 얼마간 기억이 흐릿할 것이라고 했다. 숙면 뒤 간단한 체조를 하는 게 기억력 회복에 도움을 줄 거라는 안내가 떠올랐다. S는 수면 캡슐에서 나와 옆구리를 길게 늘이며 여자에게 물었다.

"언제 깼어요?"

여자가 어깨를 으쓱했다.

"이름이 뭐예요?"

"수영."

S는 수영이 자기 이름도 물을 것이라 예상하며 이름을 떠올렸지만 기억나지 않았다. 수영이 말했다.

"가죠."

"어딜요?"

"사령실."

S는 의아했다. 환의 업무 지시는 여기서도 받을 수 있었다. 수면 캡슐 옆에 작업 패드…가 보이지 않았다. S는 수면 캡슐 주위를 돌면서 작업 패드를 찾았다. 수영이 그 모습을 우두커니 서서 지켜보고 있었다.

"여기 작업 패드 어디 갔어요?"

수영이 또 어깨를 으쓱했다. S는 수영을 따라가기 전 새롭게 떠오른 기억을 정리할 시간이 필요했다. S는 화장실이 어딘지 물었다. 수영이 정원 구석을 가리켰다.

화장실은 꽤 깊은 구덩이였다. 톡 쏘는 암모니아 냄새가 강했다. S는 문득 왜 깨어 있는 사람이 둘인지 의문이 들었다. 둘은 너무 많거나 혹은 너무 적은 숫자였다.

신선이 천천히 다가와 내 관자놀이에 손을 댔다. 따끔했는데, 그 후로 신선이 하는 말이 명확하게 들렸다.

"넌 누구야?"

"파티. 넌 신선 맞지?"

"신선?"

"어. 불로장생하는 신선."

신선에게서 약간 슬픈 냄새가 났다.

"신선은 아니지만 불로장생은 맞아."

"여기가 환 님이 만든 복숭아나무 정원이야?"

"환 님? 누가 그래?"

"우리 할아버지의 할아버지가."

신선은 놀란 듯했다. 나 또한 마찬가지였다. 머리카락이 저렇게 길게 자랄 수 있다니 놀라웠다. 만져보고 싶었다. 가까이 가자 신선에게서 두려움의 냄새가 났다. 뒤로 물러섰다. 겁주고 싶지 않아서였다.

"여긴 어떻게 들어왔어?"

"떨어졌어. 용오름 계곡에서."

내가 왔던 곳을 가리켰다. 희미한 냄새로 위치를 알 수 있었다.

나는 신선 뒤에 있는 이상한 것에 관심이 쏠렸다. 뾰족한 막대 같은 것에 무언가 달려 있었다. 그것을 가리키며 물었다.

"저게 뭐야?"

"나무."

"나무? 그럼, 꽃은?"

신선이 나무에서 무언가 집었다.

"손 줘봐."

작고 가벼운 것이 떨어졌다. 코끝을 간질이는 냄새가 났다. 나는 그제야 신선에게서 나는 냄새가 꽃냄새라는 것을 알았다.

"어디서 살아?"

신선의 질문에 마을을 찾기 위해 눈을 감고 숨을 크게 들이마셨다. 냄새에 집중하며 한 바퀴 빙 돌았다. 사방에서 불어오는 바람 중 우리 마을 냄새가 희미하게 섞인 곳을 찾았다.

"저기."

신선이 내가 가리킨 곳에 네모난 판을 비췄다. 검은 사각형 안에 흰 선이 생겼다. 신선은 그것을 마음대로 조종했다. 나는 그 모습을 넋을 잃고 바라봤다.

"먹는 건?"

신선의 물음에 검지와 중지를 붙여 보이며 말했다.

"이 정도 되는 날개 있는 곤충. 잡기도 하는데 보통은 키워서 먹어."

신선의 표정이 일그러졌다. 우스웠다. 나는 신선에게 내가 맡은 일을 말해주고 싶었다.

"너 얼음 동굴 알아?"

신선이 어깨를 위로 올렸다 내렸다. 냄새로 모른다는 것은 알 수 있었다. 내가 떨어진 곳, 그리고 거기서 쭉 가면 나오는 얼음동굴. 서늘한 공기와 물 냄새. 찾았다. 저기였다. 꽃이 가득한 곳 너머에 얼음동굴이 있었다.

"거기 귀신도 있어."

신선의 모르겠다는 냄새가 더 강해졌다.

지구에서 1.57광년 떨어진 쌍성계 라온의 유사지구, 라온36f를 찾은 것은 21세기 후반이었다. 골디락스 존에 있는 암석 행성이며, 액체 상태의 물도 있으리라 여겨졌다. 두 개의 태양이 있었지만, 현존하는 기술로 충분히 극복할 수 있었다. 세계 각국은 십시일반 자본과 기술을 모아 무인 탐사선 제작에 나섰다.

무인 탐사선은 5년 만에 웜 홀을 지나 무사히 라온36f에 도착했다. 무인 탐사선이 보낸 정보는 놀라웠다. 라온36f는 쌍둥이라고 할 만큼 지구와 비슷했다. 동물계가 없고 이파리가 커다란 초록 식물군이 육지와 바다를 덮고 있는 점이 달랐지만, 사람이 살기에는 부족함이 없어 보였다.

안전성 검토가 끝나자, 본격적인 이주 이야기가 나왔다. 사람을 태운 거대한 우주선을 어떻게 이동시킬지가 문제였다. 생명체가 웜 홀을 통과한 적은 한 번도 없었고, 속도를 광속과 가깝게 내는 것도 위험했다. 라온36f에 다녀온 환은 이 천명 규모의 이주 우주선이 라온36f까지 아무리 빨리 간다고 해도 200년은 걸릴 거로 예측했다. 세대 우주선을 만들자는 말도 나왔지만, 안정성과 비용 측면에서 기각됐다.

결국 모두 냉동 수면한 채로 라온36f에 가는 방법을 택했다. 환이 우주선을 제어하고, 직접 해결하지 못하는 문제가 생겼을 때만 적합한 사람을 깨우기로 했다. 그것이 가장 효율적이고 안전하다고 했다. 계획대로라면 라온36f 상공 50,000km에 접근했을 때, 2,000명 모두 동시에 눈을 떠야 했다.

나는 신선과 함께 복숭아나무 정원에서 지내는 것이 좋았다. 처음에는 마을 사람들에게 좀 미안했지만, 시간이 지나자 마을은 점차 잊혔다.

그러던 어느 날, 신선은 항상 가지고 다니던 네모난 판을 보고 얼음동굴에 가야 한다고 말했다. 환 님의 명령이었다. 나는 같이 가기로 했다. 길이 위험하니까. 그런데 신선이 안내한 길은 낯선 곳이었다. 중간중간 신선이 얼굴을 갖다 대야 문이 열렸다.

신선은 벽에서 옷을 꺼내 내게 건넸다. 신선의 옷이었다. 받아도 되나 싶었지만, 거절하고 싶지 않았다. 할아버지의 할아버지로부터 내려온 천 조각이 된 옷을 버리고 신선이 준 옷을 입었다. 처음에는 좀 크다 싶었는데 어느새 몸에 맞게 줄어들었다. 벽 안에 이런 옷들이 무수히 많았다.

"신선이 이렇게나 많아?"

신선은 생각에 잠겼다. 그리고 이렇게 대답했다.

"아니. 나 혼자야."

나는 궁금증을 다 풀지 못하고 신선의 뒤를 따랐다.

얼음동굴에는 마주치고 싶지 않은 사람이 있었다. 31이었다. 배가 불룩 나온 채로 얼음과 물을 담고 있었다. 31은 나와 신선을 보고 소스라치게 놀랐다. 그러다 중심을 잃고 넘어지기까지 했다. 신선은 31은 못 봤는지 계속 천장만 보고 있었다. 천장에는 귀신들이 매달려 있었다. 사람 껍데기.

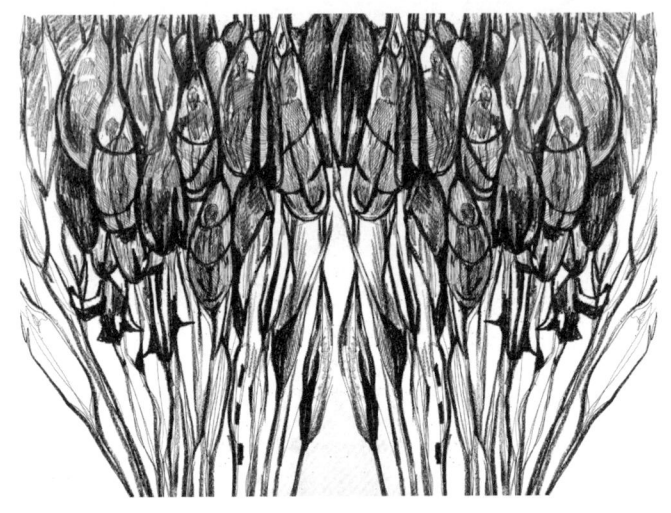

신선의 냄새에 변화가 심했다. 공포, 분노, 슬픔 그리고 다시 분노. 나는 신선 곁에서 좀 떨어졌다.

"이게 어떻게 된 거야?"

신선이 바닥에 떨어진 껍데기를 보며 말했다. 얼음을 캐면 저렇게 껍데기들이 하나씩 떨어졌다. 나는 얼음 주머니를 열어 보이며 말했다.

"물을 구하는 거야."

신선은 이전과 다른 냄새를 강하게 풍겼다. 적의였다. 우리가 물을 구할 수 있는 곳은 여기밖에 없었다. 우리에게는 복숭아나무 정원은 없으니까.

31이 긴 신음을 냈다. 31은 처음부터 일관된 냄새를 풍겼다. 곧 아기가 나온다. 나는 이번에도 31을 두고 볼 수 없었다.

S는 수영의 뒤를 따랐다. 사령실로 향하는 길은 가상훈련에서 본 것과 같았지만, 다른 게 눈에 띄었다. 복도 수납함이 어질러져 있었다.

"깨어난 사람들이 더 있나요?"

"아뇨. 당신 뿐이에요."

뒤에서 인기척이 나며 S의 팔을 비틀었다. 비명을 지를 새도 없이 입이 틀어 막혔다. S는 사령실 문의 홍채 인식 장치로 끌려갔다. 수영이 S의 눈꺼풀을 까뒤집었다. 문이 열렸다. 동작 센서가 감지되며 사령실 안이 밝아졌다.

- 안녕하세요.

환의 목소리가 들렸다. 중앙 모니터에 숫자가 보였다. 라온36f 상공 40,000km 접근. S는 뒤통수에 강한 충격을 느끼며 정신을 잃었다.

눈을 떴을 때, 사령실은 어둡고 조용했다. 뒤통수가 욱신거렸다. 머리카락이 피와 함께 진득하게 뭉쳐져 있었다. 중앙 모니터만 희미한 빛을 내고 있었다. 검은색 바탕에 흰색 숫자 네 개가 깜빡였다.

09:48

09:47

09:46

재시작 안내가 뒤늦게 눈에 들어왔다. S는 일어서려다 어지러움을 느끼고 다시 주저앉았다. 숨을 고르는 사이, 새로운 기억이 떠올랐다.

이주 우주선은 이게 다가 아니었다. 첫 번째가 무사히 착륙하면 후발대에 통신을 보내는 것이 깨어난 사람이 해야 할 마지막 임무였다.

웅, 하는 소리와 함께 모니터가 밝아졌다. 'HAN-UL'이라는 문자가 나타났다. 환의 목소리가 들렸다.

- *안녕하십니까. 이주 우주선 한울 1호에 오신 것을 환영합니다. 우리는 인류의 마지막 희망 라온36f로 가는 중입니다.*

S는 환에게 물었다.

"지금 위치는?"

- *라온36f에 20,000km 정도 접근했습니다.*

착륙 준비가 시급했다.

"무사히 도착할 수 있을까?"

- *재계산이 필요합니다. 선내 이산화탄소 수치가 높습니다. 우주복 착용을 권합니다.*

"냉동 수면실은 어때?"

- *2,000기 중 748기가 빈 것으로 확인되며, 1,252기가 파손된 것으로*

파악됩니다.

젠장. S는 속으로 욕을 내뱉고 다음 질문을 했다.

"사람들은 어디 있어?"

- *생체 반응이 있는 곳은 소형 우주선 격납고 부근이며, 대략 20여 명 정도로 파악됩니다.*

뒤에서 부스럭거리는 소리가 들렸다. 키가 작은 노인이 서 있었다. 회색 점프슈트를 입고 있었다. 탑승자 중에 노인은 없을 터였다. S는 한 발 뒤로 물러섰다.

신선은 31을 복숭아나무 정원으로 데려갔다. 31은 신선의 도움으로 아이를 무사히 낳았다. 31도 마을로 돌아가지 않았다. 31은 예전과 좀 다른 느낌이었다. 대부분의 시간을 복숭아나무 아래 혼자 앉아 있곤 했다.

아기는 자연스럽게 신선의 말을 배웠고, 클수록 31보다는 신선을 더 닮아갔다. 신선은 아기에게 세상 모든 것을 가르쳤다. 나도 함께 배우려고 했지만, 아기가 깨우치는 속도보다 훨씬 느렸다. 나는 배우는 것을 포기하고 정원을 가꿨다. 식물은 신기했다. 계속 자라고 새롭게 생겨났다.

나는 31 곁에 앉으며 천천히 말했다. 우리는 이미 할아버지만큼 늙어 있었다.

"신선이 그러는데 초록색 세상에 거의 다 왔대."

우리는 말없이 그대로 앉아 있었다. 하늘빛이 줄어든 후 잠자리로 가려고 일어섰을 때 31이 몸짓으로 말했다. 31은 두 손을 맞잡았다가 뗐다. 마지막이라는 뜻이었다.

그날 밤 31은 숨을 거뒀고, 우리는 그녀가 항상 앉아 있던 복숭아나무 아래 묻어줬다. 신선은 이게 죽은 사람을 처리하는 오래된 방식이라고 했다.

31의 아이는 다음 날 사라졌다. 신선은 걱정했지만, 나는 그렇지 않았다. 그 애는 31의 딸이었다. 어떻게든 살아남을 게 분명했다.

신선은 바빠졌다. 환 님은 신선에게 매일 새로운 일을 시켰고, 나는 복숭아 정원을 혼자 지킬 때가 많았다. 신선은 마지막 임무를 위해 조종실에 간다고 했다. 환 님이 있는 곳이었다. 나는 환 님이 보고 싶어 같이 가기로 했다. 가면서 미뤘던 질문을 했다.

"넌 죽지 않지?"

신선이 담담하게 말했다.

"라온36f에 도착하면 죽을 거야. 난 이 정원을 벗어나서 살 수 없어. 그게 내가 늙지 않는 대가야."

신선은 처음 만났던 날처럼 젊고 건강했다.

"너도 거기에 가고 싶잖아. 환 님에게 부탁해 봐."

"괜찮아."

"왜?"

"환이 너희를 그냥 둔 걸 보고 깨달았거든. 그곳에 내가, 우리가 꼭 가야 하는 이유는 없어. 네가, 너희가 가도 상관없지."

"그게 무슨 소리야?"

퍽, 소리가 나며 신선이 앞으로 고꾸라졌다. 신선에게 집중하느라 다른 냄새를 맡지 못하고 있었다. 처음 보는 남자였다. 그는 신선의 옷을 입고 쇠막대를 쥐고 있었다. 신선의 머리에서 붉고 따뜻한 물이 흘렀다. 나는 신선의 머리를 부여잡고 어찌할 바를 몰랐다.

"미안해요."

남자 뒤에서 31의 아이가 모습을 드러냈다.

"수영! 왜?"

"새로운 신선이 필요해서요."

남자가 나를 향해 쇠막대를 들었다. 수영이 남자를 막았다.

수영과 남자가 우리가 온 길로 걸어갔다. 나는 신선이 차가워질 때까지 안고 있었다. 그리고 마을의 전통 방식대로 심연의 우주로 떠나 보냈다.

나는 신선이 항상 가지고 다녔던 네모난 판을 챙겼다. 신선이 마치지 못한 일을 해야 했다.

S는 노인의 부축을 받으며 격납고로 향했다. 격납고 바닥에 우주복들이 흩어져 있었다. 소형 우주선은 한 대밖에 남지 않았다. 바닥에는 넓은 호수가 펼쳐져 있었다. 붉은 호수. S는 보고 있으면서도 믿기지 않았다. 이 지경이 될 때까지 환은 무엇을 하고 있었단 말인가. S는 어디서부터 어떻게 수습해야 할지 감을 잡을 수 없었다.

노인이 입을 열었다. 관자놀이에 붙어있는 스피커에서 통역 된 말이 흘러나왔다.

"새로운 세상은 어떤 곳인가?"

S도 몰랐다. S의 대답을 기다리던 노인이 중얼대며 앞으로 걸어갔다.

"31이 맞아. 새로운 세상은 없어. 모두 끝이야."

S는 노인이 작업 패드를 꺼내는 것을 보고 눈이 휘둥그레졌다. S는 점점 멀어지는 노인을 불렀다. 당장이라도 작업 패드를 찾아와야 한다고 생

각했지만, 붉은 물에 뛰어들 자신이 없었다. 실제 피비린내의 역겨움은 가상훈련과 차원이 달랐다.

패드에서 환의 목소리가 들렸다.

- 말씀하십시오.

"라온36f로의 이주 계획은 실패했습니다. 이곳으로 오지 마세요."
S는 '안 돼!'를 외치며 한 발 내디뎠다. 하지만 그 미지근한 온도와 물컹하게 밟히는 감촉에 질겁하며 뒤로 물러섰다.

- 송출 암호를 말씀해 주십시오.

"우리는 창백한 푸른 점을 떠나서 살 수 없다."
노인은 어느새 허리까지 잠겨 있었다. S는 결국 참지 못하고 구토했다. 위에서 녹다 만 복숭아 조각이 튀어나왔다.

- 확인되었습니다. 라온36f의 이주 계획을 취소합니다.

파티는 투명한 벽 너머에 있는 초록별을 바라봤다. 그곳을 향해가는 작은 우주선들이 보였다. 파티는 초록색 세계가 강인한 생명력으로 끝까지 살아남기를 바랐다. 미지의 괴물에 저항하며.

요람의 괴물

파티는 환에게 마지막 부탁을 했다. 심연의 우주로 보내달라.

우주선이 열렸다.

소음이 사라지고 시간이 멈췄다.

광활한 한울에서 늙지도, 죽지도 않는 한량없는 꿈이 시작됐다.

비하인드 스토리

· 아이디어 스케치

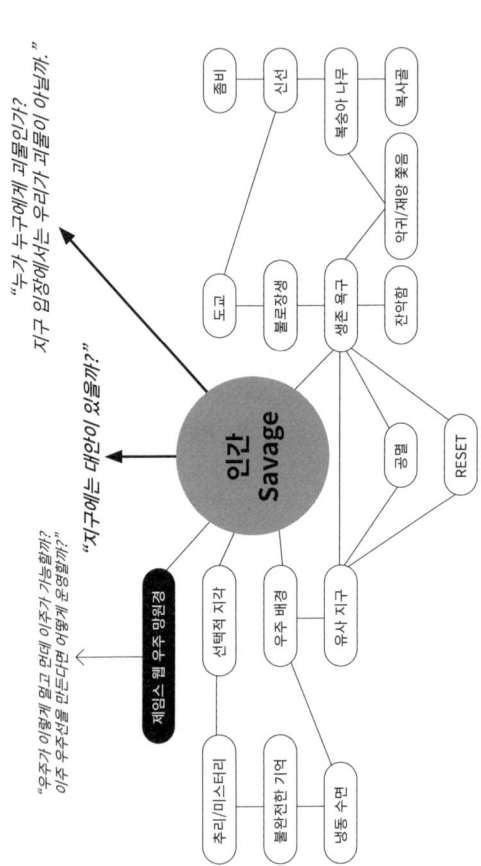

· **발상에 도움을 준 이야기**

> 식인 위그노 대학살 이후에 '야만인', '대학살', '식인종' 등과 같은 개념이 등장했으며 프랑스 내전에는 이전까지 보지도 못했던 토막 살인, 유아 살해, 식인 등의 폭력이 나타났다. "아버지가 아들을 죽이고, 아들은 아버지를 죽이고, 형은 동생을 죽였다." 야만은 멀리 있었던 것이 아니라, 프랑스 내부에 있었다. '식인'에도 내전의 흔적이 남아있다. 레리는 《잊기 힘든 상세르 마을의 역사》에서 인간의 살을 먹는 미개인을 목격한 것에 대해 썼다.
>
> • 러셀 자코비(Jacoby, Russell) 지음, 김상우 옮김, 『친밀한 살인자 : 이웃 살인의 역사로 본 살인의 뿌리』, 동녘, 2012. (p.40)

> 지구는 가장 핵심적인 인간의 조건이다. 우리 모두가 아는 것처럼 지구는 우주에서 인간이 별다른 노력 없이 그리고 그 어떤 인공물도 없이 움직이고 숨 쉴 수 있는 거주지를 제공하는 유일한 곳이다.
>
> • 한나 아렌트(Arendt, Hannah) 지음, 이진우 옮김, 『인간의 조건』, 한길사, 2017. (p. 78)

· **우주 배경 SF 창작을 위한 전문가 인터뷰**

Q. 김윤지 / **A.** 과학크리에이터 '궤도'

Q. 우주에 오래 있으면 생기는 신체적, 정신적 증상에 대해 알고 싶습니다. 그리고 그것을 대비하기 위한 방안은 뭐가 있을까요?

A. 우주에서 생기는 신체 변화나 증세는 연구된 것이 많습니다. 우주에 있는 것은 폐소공포증과 비슷합니다. 훨씬 더 무섭죠. 나가고 싶어도 못 나가고, 기약도 없을 것입니다. 어느 행성에 떨어질지 모르는 상황일 것이고요. 인위적으로 가둬 놓은 게 아니라 물리적으로 나가면 안 되는 거고, 살 수 있는 곳이 여기밖에 없으니, 그것에 대한 공포가 엄청나지 않을까 합니다. 우주 공간의 폐쇄는 근원적으로 가장 두려운 상황이라고 생각합니다.

만약 우주선에 인원이 좀 있다면, 폐소공포와 함께 사회적 대립이 발생하지 않을까 합니다. 깝죽거리는 놈, 다혈질, 범죄자가 나오고 『15세기 표류기』 같은 전개가 되지 않을까요. 그 안에서 국가와 사회를 만들고, 경제를 만들고. 하지만 우주는 섬과 달리 누구도 개입할 수 없겠죠.

그래서인지 우주 배경은 공포 장르가 많은 것 같습니다. 폐소 공포나 미지의 생물 공포 등. 이걸 꼬아서 폐소공포가 반대로 적용하는 사람을 생각해 본다면 어떨까요? 갇히는 게 편안한 사람만 모아 장기 프로젝트를 한다면? 그럼 이런 사람들에겐 어떤 위기를 줘야 할까, 어떤 고난이 올까는 또 다른 고민이 되겠지만요.

Q. 우주선에서는 다 공중에 떠서 다녀야 하나요?

A. 원래는 다 무중력이죠. 『인터스텔라』는 원심력을 이용해 가장자리에 붙어있게 했어요. 그 외는 우주선에 중력 버튼이 있다는 건데, 일종의 판타지이죠. 『승리호』에서는 무중력에서 걸어 다닐 수 있는 신발을 신습니다.

지구에서도 무중력 촬영을 할 수 있습니다. 세트장을 비행기가 들고 자유 낙하시키면 몇 분 정도 무중력 상태가 돼요. 아니면 와이어 달고 촬영하는데 어색하지요. 러시아 국제 우주정거장에서 촬영한 영화도 있는데, 매우 비쌉니다. 이렇게 촬영 문제 때문에 대부분 우주선에 중력을 만듭니다.

중력자라는 설정도 있는데 중력자는 아예 발견이 안 됐습니다. 만약 중력자(매개 입자)를 발견하면 우주선에서도 중력을 쓸 수 있겠지요. 우리가 전기를 만들어 쓸 수 있는 이유는 전자라는 매개 입자를 발견했기 때문이거든요. 이렇게 중력의 매개 입자를 발견한다면 중력을 마음대로 쓸 수도 있을 겁니다.

Q. 우리은하에는 블랙홀이 있나요? 새로운 블랙홀이 발견될 확률은요?

A. 우리은하에는 블랙홀이 있습니다. 전파망원경으로 촬영한 이미지도 있지요. 모든 은하 중심에는 블랙홀이 있어요. 은하가 돌고 있는데,

중간에서 잡아주는 역할을 하는 게 블랙홀입니다. 블랙홀이라는 엄청난 중력이 있어서 천체들이 별을 붙들 수 있는 것입니다. 블랙홀이 우주를 안정적인 구조로 만들죠. 그래서 블랙홀이 새로 생길 수 없습니다. 자연적으로는 있을 수 없는 일이죠. 『인터스텔라』도 그런 게 문제였습니다. 이야기에서 갑자기 블랙홀이 발견됐다고 하면 황당하지요. 태양계 쪽은 이미 더 이상 볼 게 없습니다. 과학자들이 블랙홀을 놓칠 수 없어요.

블랙홀은 가장 인기 있는 천체죠. 종류가 매우 많습니다. 블랙홀은 엄청나게 큰 죽은 별이에요. 우주에 혼자 있는 별이 잘 없습니다. 태양도 주변에도 천체가 있지요. 보통 2~4개 같이 돌다가 하나가 블랙홀이 되면, 주변에 있는 게 빨려 들어갑니다. 블랙홀과 블랙홀이 이어지는 게 웜 홀이고요.

블랙홀에 대해 궁금하시다면, 안될 과학 유튜브 채널(@unreal science)의 블랙홀 심화 영상을 보시는 것을 추천합니다. 쉽게 설명해 놨으니 도움이 되실 겁니다.

한국콘텐츠진흥원 「이야기창작발전소 스토리 창작소재 발굴 심화과정 2기」 스페이스오페라 분야(2021.11.21.)

작가노트

 처음 구상했던 이야기는 지금과 좀 다릅니다. 한울 이주 우주선이 라온36f로 가게 되는 결정적 이유가 있었습니다. 웜 홀을 통과해 라온36f에 다녀온 유인 탐사선 대원 45명이 괴물로 변해 지구에 왔기 때문이죠.

 귀환하는 그들을 맞는 성대한 환영식을 케네디 우주센터에서 준비합니다. 하지만 괴물로 변한 대원들은 그 자리에 있던 각국 주요 인사들을 모두 괴물로 만들어 버립니다. 귓바퀴를 물어뜯어서요. 그 모습이 전 세계에 생중계되고 사람들은 충격에 빠집니다.

 괴물은 식물처럼 광합성을 합니다. 이산화탄소와 물, 햇빛만 있다면 에너지를 만들어 낼 수 있고, 세포 재생이 아주 빨라 잘 죽지 않습니다. 사람들은 이것을 죽이기 위해 갖은 방법을 쓰지만, 점점 더 괴물의 숫자만 늘릴 뿐입니다. 괴물은 다른 동식물에게는 무해합니다. 근방 1km 내에 인간이 없다면 식물처럼 그 자리에 가만히 있지요. 귓바퀴가 뜯긴 괴물들은 소리를 모을 수 없어 서로 소통하지 못합니다. 그리고 해마가 손상돼 새로운 기억이 저장되지 않습니다.

 괴물은 안전한 거리만 유지한다면 별로 위험하지 않은 존재일 수 있습니다. 하지만 사람들은 자기와 비슷하면서도 다른, 죽지 않는 존재를 어떻게 받아들여야 할지 혼란스러워합니다. 다 없애야 한다, 이용하자, 단순 혐오 등 사회는 점점 더 무질서한 상태로 치닫습니다.

사람들은 라온36f로 이주하는 일정을 당깁니다. 탐사 대원들이 라온36f에 있을 때 보내온 리포트는 정상이었고, 라온36f에서 지구와 다른 물질이 나온 적이 없기 때문에 안전하다고 믿습니다. 대원들이 괴물이 된 이유를 라온36f 때문이라기 보다 웜 홀 통과나 지구에 도착하기 전 샘플을 채취한 근지구 소행성의 영향 때문이라고 생각합니다.

단편에서 지구 괴물 이야기와 이주 우주선 이야기 둘 다 하기는 무리라고 생각해 괴물 이야기는 빼고 한울 우주선 이야기로 축소했습니다.

다음에는 괴물 이야기 — 저는 이것을 식물 좀비라고 부릅니다 — 와 이주 우주선 이야기를 좀 더 길게 써보고 싶네요. 이 '요람의 괴물'은 그 이야기의 프리퀄 정도로 생각해 주시면 좋겠습니다.

· **창작의 과정**

2022.01.24 브릿G「제8회 ZA문학 공모전」예심 언급
2023.02.14 부천스토리텔링아카데미 1기 졸업 작품
2023.10 　　 퇴고

단편영화 각본

뉴노멀 V

Newnormal V

· 용어 정리

[D1] 날짜 변화를 쉽게 알리기 위해 D1, D2, D3으로 표시함

[로우앵글 (Low angle)] 눈보다 낮은 위치에서 올려다보는 카메라 각도로 촬영하는 것

[S.O (Sound Only)] 영상 없이 소리만 녹음 함

[디졸브 (Dissolve)] 앞 화면이 옅어지고, 뒤 화면이 진해지며 두 장면이 이어지는 편집 기법

[프레임 인 (Frame in)] 피사체가 화면 밖에서 안으로 들어오는 것

[프레임 아웃 (Frame Out)] 피사체가 화면 안에서 밖으로 나가는 것

[컷 투 (Cut to)] 같은 장소에서 시간 변화만 있는 경우 사용 함

[인서트 (Insert)] 마스터샷과 다른 앵글과 초점 거리에서 촬영한 장면을 삽입하는 것. 해당 장면을 강조하는 효과가 있음

· 제작정보

극영화 | 컬러 | 판타지, 코미디, 스릴러 | 10분 | 2021

<뉴노멀 V> 감상하기

<뉴노멀 V> 테마곡 듣기

S#1.　　　　실내. 월계역, 지하철 역사 안. - 낮 (D1)

지하철 타는 곳으로 내려오는 계단 로우앵글. 끝없이 이어진 것 같다. 지하철 들어오는 소리 들리고, 계단 빠르게 뛰어내려가는 운동화와 헉헉대는 숨소리. 벤치에 앉아 있던 사람 일어선다. 그 자리에 붉은 케이스 휴대폰 남아있다.

계단을 내려오던 운동화가 타는 곳에 들어섰지만, 안전문이 닫히고 지하철 출발한다.
다부진 체격에 준수한 외모, 진호(남, 26세) 지하철 놓친 것을 아쉬워한다. 진호, 더워하며 벤치에 털썩 앉는다.
스포츠 가방에서 물통 꺼내 꿀꺽꿀꺽 마신다. 물통에 'UMZI

헬스장' 문구 붙어있다.

가방에 물통 넣으려다가 벤치 위 스마트폰 발견한다. 주변 둘러보는데 아무도 없다.

진호, 분실 폰 집어 홈 버튼 누르는데, 엄지가 '따끔'하며 폰 놓친다. 엄지에 빨간 핏방울 맺혔다. 폰 잠금 화면에 V 이미지 나타났다 사라진다. 분실 폰을 다른 손으로 들고 피난 엄지를 입으로 빨고 있는 진호 모습 멀리서 담는다.

타이틀 : 뉴노멀 V

S#2.   실외. 동네, 골목길. - 밤 (D1)
진호 폰 문자 진동 소리. 진호 폰 화면. 답문하는 진호.

윤쩌리(S.O)   알바 끝났냐?
진호   나 오늘 알바가다가 폰 주웠다.
윤쩌리(S.O)   여자꺼냐?
진호   붕신

분실 폰 벨 소리. [♪꺄(여자 비명)~~] 진호, 흠칫 놀라 주위를 두리번거린다. [♪띠디띠, 띠디띠~] 주머니 속 분실 폰 벨소리

임을 알고 받는다.

진호　　　여보세요.

세아(S.O)　(사투리) 여보세여. 디엠 보고 연락드렸는데여.

진호　　　디엠이요?

세아(S.O)　피팅 모델 구하신다고, 한번 보자 하셨잖아여.

진호　　　누구신지….

세아(S.O)　(깜박했다) 아, 맞다!

전화 끊어졌다. 진호 '뭐지?' 싶은 표정.
곧 다시 울리는 벨소리 [🎵꺄~~ 띠디띠, 띠디띠~] 이번엔 영상통화다. 진호, 난감한 표정으로 분실 폰 보다가 통화 버튼 누른다. <u>청초한 느낌의 20대 초반 여자, 세아</u> 화면에 얼굴 꽉 차게 보인다.

세아　　　안녕하세여, 오세아에여.

진호　　　네.

세아　　　쇼핑몰 사장님이 이렇게 젊고 잘생기셨을 줄 몰랐어여.

진호　　　아닌데.

세아	아니긴여, 맞아여. 저는 어때여? 사진이랑 똑같져? 필터 하나도 안 썼어여.
진호	저기, 제가 사실….
세아	(부정적 대답 직감하고) 죄송한데여, 내일 면접이라도 봐주시면 안 될까여? (간절하게 울먹)
진호	아…, 참….
세아	제발여….
진호	그럼 8시까지 홍대역 6번 출구로 올 수 있어요?
세아	네, 꼭 갈게여! 감사합니다~

전화 끊어졌다.

진호	(주변 둘러보고) 몰카인가?

'띠링' 문자 오는 소리. 곧이어 '띠링×10'.
진호, 무슨 내용인지 보고 싶지만 휴대폰이 잠겨있어 볼 수 없다.

진호	에이 씨.

진호의 뒷모습.

S#3.   실외. 홍대입구역 6번 출입구 앞. - 저녁 (D2)

진호의 뒷모습. 앞 장면에서 디졸브.

세아   저기여.

세아 뒷모습 프레임 인. 하늘하늘한 흰 원피스에 은근슬쩍 드러난 몸매가 섹시하다. 진호, 세아 목소리 듣고 뒤 돈다. 세아를 본 진호의 표정 밝다.

진호   아, 안녕하세요. 오세아 씨?

대답 대신 세아 배에서 '꼬르륵' 소리 들린다. 진호, 그 소리 듣고 흠칫.

진호   (곧 능청스럽게) 아, 배고파. 뭐 좀 먹으면서 이야기할까요?

S#4.   실내. 술집, 구석 테이블. - 밤 (D2)

세아, 각종 청결제가 들어있는 파우치 열어 클린 티슈 뜯어 테이블 싹 닦고, 진호 앞에 수저 받침대 깔고, 스프레이를 수저에

칙 뿌려 그 위에 놓는다.

진호 그건 뭐예요?
세아 살균 소독제인데여, 먹는 거에 뿌려도 되는 거에여. (자기 수저에도 칙 뿌리고) 깨끗하게 먹는 게 좋잖아여.
진호 하하. 네….
세아 여기 이슬 3병여. 빨간 뚜껑으로.
진호 (좀 당황스럽다) ….

Cut to.
드르륵, 소주 병뚜껑 따는 소리. 세아가 경쾌하게 소주 따는 장면 3번 빠르게 인서트. 진호가 소주잔 꺾는 장면 3번 빠르게 인서트.
빨대로 액체 빠는 소리, 마지막 남은 한 방울까지 빨아 마시는 '쪼옥'.

테이블 위 빨간 소주 뚜껑 3개 있다. 카메라 이동하면 그 옆으로 빨간 뚜껑과 빈 소주병들 더 보인다. 뚜껑 하나 더 툭 떨어진다.

세아, 다회용 빨대를 소주병에 꽂아 마신다. 소주 수위 쭉 내려간다. 테이블 밑으로 세아 다리 꼬고 까딱까딱하다 진호 다리 툭 스친다. 빨대 물고 있는 세아 입꼬리 올라간다.

진호 (좀 취했다) 와, 쎄다, 쎄. 쎄아씨 진짜, 쎄!

테이블에 안주로 카프레제 샐러드 있다.
세아, 양상추 집어 진호 입가로 가져간다.

진호 (색기 있게 웃으며) 근데 왜 아까부터 풀만 줘요?
세아 몸에 좋잖아여.
진호 나 이미 몸 좋은데.

진호, 팔 구부려 알통 만들어 만져보라는 눈짓 한다.
세아, 소주병에서 빨대 꺼낸다. 소주 방울 톡 턴다. 진호 알통에 살균소독제 스프레이 칙 뿌린다. 빨대 끄트머리를 빨면서, 귀염 새침한 표정 짓는다. 세아, 빨대로 진호 알통 콕 찔러 본다.

세아 딱딱하네여.

진호 (으스대며) 원래 큰 손실 때문에 술을 잘 안 마시는데, 오늘은 세아씨 때문에 특별히 마시는 거예요.

세아, 진호 빈 잔에 술 따라준다. 진호, 세아 안 보이게 살짝 '후' 한숨 쉬고 단번에 툭 털어 넣는다. 세아, 술 열심히 마시는 진호 보고 생긋 웃어준다.

진호 (같이 헤벌쭉) 쎄아씨 고향이 어디쎄요?
세아 저 완전 시골이에여. 모르셨죠? 사투리 안 써서.
진호 흠, 그럼 자취?
세아 아녀. 언니랑 남동생이랑 같이 살아여.
진호 (김빠진 표정) 아.

진동 소리. 세아, 휴대폰 꺼낸다. 발신자 '오꼰대' 확인하고 일어선다.

세아 잠시만여.

세아, 휴대폰 들고 밖으로 나간다. 진호 폰 문자 진동 소리. 윤쩌리 메시지 화면에 뜬다. 답문하는 진호.

윤쩌리(S.O)　　뭐하냐? 이쁘냐? 갔냐?

진호　　　　　오늘 각이다.

윤쩌리(S.O)　　아씨, 어디냐? 나도!

유리창 밖의 통화중인 세아 보는 진호의 눈빛 이글이글 타오른다.

S#5.　　　실내. 모텔, 화장실. - 밤 (D2)

샤워기 물소리. 진호 샤워하고 있다. 목에 묻은 거품 물에 씻겨 내려간다. 얼굴에 물줄기 흘러내린다. 쏟아지던 샤워기 물 멈춘다. 진호, 수건으로 머리 물기 턴다. 수증기에 뿌예진 거울 닦고, 비친 자기 모습 보며 싱긋 웃는다.

S#6.　　　실내. 모텔, 방 안. - 밤 (D2)

화장실 문 열리며 샤워가운 입은 진호 나온다. 세아, 진호를 보며 침 꼴깍 삼킨다. 세아, 라텍스 장갑을 낀다. 고무줄을 양손으로 잡고 진호 쪽으로 천천히 다가간다. 진호 목에 고무줄을 감고 자기 쪽으로 확 끌었다가 침대 위로 쓰러트린다.

진호　　　　　(당황했지만 애써 침착하게) 쎄아 씨, 이런 취향이었구나. 나 이런 거 처음인데….

세아, 싱긋 웃으며 진호 위로 타고 올라가 목에 고무줄 감는다.
고무줄 좌우로 찍! 늘리고 진호 위로 덮치는 듯.

진호   (막힌 입으로 나는 소리) 읍읍!!

화장대 위 진호 폰과 분실 폰 같이 있다.
진호 폰 문자 진동 소리. 대기 화면의 윤쩌리 메시지.

윤쩌리(S.O)   야, 씹냐? 어디냐니까?

이번에는 그 옆 분실 폰 메시지 진동 울린다.

Cut to.
거친 호흡과 탐욕적으로 빨고 삼키는 소리.
침대 위 두 사람. 진호 발이 움찔한다. 카메라 세아의 누워 있는 뒷모습 비춘다. 진호 목을 애무하고 있는 것처럼 보이지만, 가까이 가면 그게 아니다.
세아, 빨대로 무언가 빨고 있다. 빨대에서 입을 뗀다. 혓바닥으로 입술을 핥는데 붉은 피 보인다. 빨대 끝에 피가 한 방울 맺혀 있다. 세아, 바늘 쪽을 입으로 빤다. 꺽, 트림하고 포만감에 행복한 표정.

S#7.　　　실내. 모텔, 화장실 - 밤 (D2)
물소리 '쏴'. 빨대를 세척 중인 세아 얼굴 빙글빙글 돌며 보인다. 개수구로 핏물 흘러 들어간다. 빨대 안까지 잘 닦였나 들여다보는 세아의 눈. 빨대 물기 닦고, 보관함에 넣어 돌돌 만다. 세아, 거울 보고 생긋 웃는다. 이전보다 혈색 좋아졌다.

S#8.　　　실내. 모텔, 방 안. - 밤 (D2)
짐 챙긴 세아. 화장대 위 분실 폰 집는다. 메시지 확인하면 링크 보인다. 링크 타고 들어가면 'V Profile' 페이지. 진호의 피 평가하고, 'V 공유' 버튼 누른다.
'휙' 전송되는 소리.

세아, 문 쪽으로 가다가 멈춘다.

세아　　　아, 맞다!

세아, 진호가 있는 침대 쪽 본다. 가방에서 돌 꺼낸다.
흥얼대며(테마곡 멜로디) 진호가 누워있는 침대 쪽으로 간다.

S#9. 실내. 모텔, 방 안. - 이른 아침 (D3)

진호의 휴대폰 진동 소리. 흰 시트에 덮인 진호가 시체처럼 미동도 없이 누워있다. 카메라, 진호의 발에서부터 머리까지 천천히 이동한다.
진호 폰 진동 계속 울린다.

S#10. 실외. 버스 정류장, 벤치. - 이른 아침 (D3)

버스 정류장 비추고 있는 카메라 앞으로 누군가(세아) 휙 지나간다. 버스 도착했다. 사람들 태우고 출발한다. 카메라 가까이 가면 벤치 위 놓인 분실 폰 일부 보인다. 정장 바지의 행인 벤치 앞으로 걸어 온다. '징' 휴대폰 진동 소리.

행인   (전화 받는다) 여보세요? 네.

행인, 분실 폰 들고 사라진다.
버스 정류장에는 또 누군가 오고, 앉고, 떠난다.

S#11.　　　실내. 모텔, 방 안. - 이른 아침 (D3) S#9 이어서

진호 폰 진동 소리 멈춘다. 잠시 정적.

진호, 갑자기 벌떡 일어나 앉는다.

진호　　　(찡그리며) 아, 머리야… 물!

S#12.　　　(회상) 실내. 술집, 테이블. - 밤 (D2)

꿀꺽꿀꺽 소리. 진호, 물컵 테이블 위에 탁 놓는다.

진호　　　(혀 꼬였다) 내가 다른 알바 소개해 줄게.
　　　　　쎄아 씨, 몇 년생?
세아　　　천팔백구십육(1896)년이여.
진호　　　나도 96인데! 스물여섯, 맞지?
세아　　　(웃으며 복화술처럼) 아니, 백스물여섯….
진호　　　우리 동갑이네. 말 놔, 말 놔. <u>흐흐흐.</u>

S#13.　　　실내. 모텔, 방 안 - 이른 아침 (D3) S#9-S#11 이어서

꿀꺽꿀꺽 소리. 진호, 생수병을 테이블 위에 탁 놓는다. 하품하며 생수병 잡았던 손으로 목 벅벅 긁는다. 그러다 목에 붙어있던 반창고가 떨어져 손에 붙는다. 진호, 반창고 보며 '뭐야?' 표정. 거울에 가까이 가서 목 상처 들여다본다. 키스 마크 같은 붉은 생채기 보며 의아해하다 '아, 혹시…'하며 씨익 웃는다.

S#14.　　(회상) 실내. 모텔, 방 안. - 밤 (D3) S#8 이어서

진호, 침대에 누워있다. 목에 주사 빨대 자국 있다. 세아, 초록 때수건 끼고 돌을 쥐고 빨대 자국 있는 진호의 목을 살살 민다.

S#15.　　(회상) 실외. 술집, 밖. - 밤 (D2) S#4 이어서

세아, 술집 밖으로 나와 전화 받는다.

언니(S.O)　(사투리, 버럭!) 야, 오춘녀!
세아　　　오세아라꼬! 이름 바꿨다고 몇 번을 말하노. 꼰대야.
언니(S.O)　데이트하나? 뭐 그리 오래 걸리노?
세아　　　니는 신경 쓰지 마라. 내 알아서 할끼다. (유리창 안으로 보이는 진호 힐끔 본다)
언니(S.O)　뒤처리 단디해라.
세아　　　(짜증) 아, 쫌!

S#16.　　(회상) 실내. 모텔, 방 안. - 밤 (D3) S#8-S#14 이어서

세아, 일 마쳤다. 진호 목에 키스마크 같은 상처 생겼다.

언니(S.O)　　그런 게 꿈과 희망이 아니겠나.
세아　　　　꿈은 무슨. 개꿈이다 개꿈. 쯧쯧.

세아, 고개 절레절레 흔들고, 일어나 프레임 아웃했다가 다시 돌아와 진호 목 상처에 '호~'해주고, 반창고 붙인다.

S#17.　　　　**(회상) 실외. 거리. - 새벽 (D3) S#8-S#14-S#16 이어서**
모텔 문을 나와 밖으로 걸어가는 세아 뒷모습. 아무도 없는 골목길. 세아, 얼마 가다가 뒤돌아 묘한 표정으로 카메라를 응시한다. 웃는 듯, 쓸쓸한 듯, 홀리는 표정.
천천히 분실 폰을 들어 얼굴 아래에서부터 위로 가린다.
컷. '꿀꺽' 액체 삼키는 소리 들린다.

※ 2021년 6월 26일과 29일 촬영 때 사용한 각본으로 최종 영상과 차이가 있습니다.

비하인드 스토리

· **캐릭터 설정**

- 이름 : 오세아
- 본명 : 오춘여
- 나이 : 20대 초 중반 외모지만, 실제 나이 126세
- 외모 : 또렷한 이목구비에 순진함과 색기가 공존하는 미인형
- 생일 : 3월 1일
- 키 : 165cm
- 몸무게 : 49kg
- 시력 : 3.0
- 혈액형: 비밀
- 고향 : 경상도 산골 혈골리
- 가족관계 : 언니 오설여(30대 외모), 남동생 오하남(10대 외모). 언니와 남동생에게 치이는 둘째다.
- 학력 : 미상
- 취미 : 청소, 청결, 빨대 수집
- 관심사 : 환경, 웰빙, 건강, 최근엔 식단 관리
- 특징 : 눈이 좋아 먼지가 너무 잘 보인다. 결벽증이 있다. 손과 소지품을 자주 닦고 밖의 물건을 잘 만지지 않는다. 만지기 전에는 꼭 살균 소독 스프레이를 뿌린다. 서울 상경 후 닥치는 대로 피를 먹다가 배탈, 설사, 식중독을 경험한 후 철저하게 검증된 식단을 고수하고 있다.
- 삶의 모토 : 한 끼를 먹어도 건강하고 깨끗하게

결벽증 뱀파이어, 오세아

 이름이 '추녀'로 발음되는 게 싫어 '오세아'라고 이름을 바꿨다. 물론 가족들은 추녀라고 부른다. 겨울에 태어난 언니 '설여', 여름에 태어난 남동생 '하남'이 있다. 언니는 춘여(세아)를 어리숙하게 보고, 잔소리를 많이 해댄다.

 96년생이라고 하니까 다들 1996이겠거니 하지만 1896년생이다. 고종이 아관파천했고, 독립협회가 결성됐고, 아테네에서 최초의 근대 올림픽이 개최된 해란 말이다.

 고향 혈골리는 인구가 점점 줄더니 노인들밖에 남지 않았다. 세아는 그들의 피를 빠는 게 아니라 병간호와 약심부름, 동네 잡일 등을 해왔다. 노인들을 돌보다 보니 오래 살수록 건강해야겠다 싶어 웰빙과 환경문제에 관심이 생겼다. 동생은 결벽증이라며 핀잔을 주지만 깨끗해서 나쁠 게 뭐 있나. 최근 팬데믹도 겪었으니 다들 경각심을 가져야 한다.

 68년 전, 남북 휴전협정 후 언니 설여는 소 타고 서울로 올라갔다. 죽었는지 살았는지 깜깜무소식이었는데, 최근 연락이 왔다. 이제 자리를 잡았으니 서울로 올라오란다. 하남이와 부푼 꿈을 안고 상경했다. 그런데 서울살이, 녹록지 않다.

- 이름 : 허진호
- 별명 : 허풍호
- 나이 : 26세
- 외모 : 잘 관리한 다부진 몸매. 날카로워 보이지만, 웃으면 호감형
- 생일 : 8월 3일
- 키 : 179cm
- 몸무게 : 78kg

- 시력 : 라식 후 1.0
- 혈액형 : O형 Rh+
- 고향 : 서울 미아
- 가족관계 : 부모님, 본인(외아들)
- 학력 : 대학교 3학년 휴학 중 (스포츠 레크레이션 전공)
- 직장 : UMZI 헬스클럽 트레이너
- 취미 : 운동하기, 여자 꼬시기
- 관심사 : 여자, 게임, 패션, 근 손실 방지
- 특징 : 연애를 3개월 이상 해본 적 없다. 다 차였다. 본인만 그 이유를 모르는 게 문제다. 장점은 상대의 플렉스에 토를 달지 않는 것, 단점은 생각을 깊이 안 하는 것. 고민해봤자 머리만 빠질 뿐
- 삶의 모토 : 나 자신을 믿어라.

나 정도면 최고지 병, 허진호

올해 초 제대한 세상 무서운 것 없는 예비역. 스포츠 레크레이션학과로 3학년 2학기 복학 예정이다. 지금은 과 선배가 오픈한 강북에 있는 헬스장 트레이너 알바 중이다.

허풍과 허세가 살아 있다. 이 정도 플렉스(Flex)를 감당 못 하면 어깨를 나란히 할 사이가 아니라고 생각한다. 최근 불알친구 '윤철'이 공무원이 됐다는 소식에 충격을 받았다. 저놈은 분명 불혹은 돼야 자리 잡을 거라고 생각했는데. 이러다가 곧 결혼도 하겠다 싶어서 매우 걱정이다.

가벼운 연애는 청산하고 참한 여자를 만나 진중하게 사귀려고 마음먹었다. 동료 트레이너 김 쌤에게 대쉬 중인데 잘 넘어오지 않는다.

왜지? 나 정도면 최곤데!

· **작품소개 인터뷰**

Q. 신지영PD / **A.** 김윤지

Q. 자기소개 부탁드립니다.

A. 안녕하세요. 저는 보고 또 보고 싶은 이야기를 만드는 창작자 김윤지입니다.

Q. 보고 또 보고 싶은 이야기란 무엇인가요?

A. 확장될 수 있는 이야기를 만들고 싶거든요. 단편 하나로 끝나는 게 아니라 그 세계관에 연결된 다른 인물, 혹은 주인공 옆에 있던 인물로 확장되는 이야기를 쓰고 싶습니다. 그래서 한 번 보고 끝나는 게 아니라, 뒷이야기나 다른 인물도 계속 궁금한 이야기를 만드는 게 목표입니다.

Q. 영화를 시작한 계기가 어떻게 되나요?

A. 2021년에 서울 방송 아카데미에서 5개월 정도 직업 교육을 받으며 카메라 촬영법이랑 편집하는 것을 배웠습니다. 수료 후 만든 게 <뉴노멀 V>입니다.

Q. <뉴노멀 V>는 어떤 작품인가요?

A. 줄거리를 간단히 말씀드리면, 진호라는 청년이 지하철역에서 분실

폰을 줍습니다. 분실 폰에 전화가 오고, 전화를 건 여성은 폰 주인을 만나고 싶어합니다. 진호는 자신이 폰 주인이 아님을 밝히지 않고 그 여성과 만날 약속을 잡죠. 그러면서 벌어지는 이야기입니다.

Q. 뉴노멀이 무엇인가요?
A. 뉴노멀은 어떠한 큰 사건을 계기로 기준이 아예 새로 변경된 상황이나 시대를 말하는 용어인데요. 2008년 세계 금융위기 때 사용한 용어에요. 코로나19 이후 세상이 많이 변했으니까, 지금이 또 다른 뉴노멀이라고 할 수 있지요.

Q. 전하고 싶은 메시지는 무엇인가요?
A. 저는 의미와 재미 중에서 재미를 조금 더 앞에 두는 편인데요, 재미있게 보시다가 '아, 처음에 내가 생각했던 게 아니었네'라는 지점들이 있으면 좋겠어요. 그것을 맹점이라고 얘기를 하고 싶어요. 모두가 보고 있다고 생각하는데 사실 보지 못하는 부분이죠. 뒤통수 맞는 반전의 재미를 생각하며 만들었습니다.

Q. 밝혀진 V의 정체는?
A. V는 뱀파이어의 약자였죠. 뉴노멀이 된 세상에서 뱀파이어들은 어떻게 사람들의 피를 빨까, 라는 생각에서 시작됐습니다. 정보통신기술을 활용할 수도 있고, 데이터베이스화해서 피의 맛을 공유할 수도 있

고요. 그래도 뱀파이어 집단이 자기네들이 오래 생존하려면 인간과 공존해야겠다고 생각할 것 같아요. 그래서 세아가 진호를 죽이지 않고 뒤통수를 쳤다고 해야 하나요? 빨린 줄 모르게 뒤처리를 깔끔하게 하고 가죠. 생존을 위해 서로를 죽이거나 없애는 게 아니라 다른 공존법을 찾으면 좋겠어요. 그 공존이 쟤를 속인다는 것은 아니고요, 진호 입장에서도 재미있는 하룻밤을 보냈다 만족하고 끝나잖아요. 나름의 공존을 찾자는 것을 위트 있게 표현한 작품입니다.

Q. 또 다른 관점으로 뉴노멀?
A. <뉴노멀 V>는 여성 서사이기도 하죠. 처음에는 진호와 세아가 전통적인 남녀의 위계관계로 나와요. 하지만 보다 보면 뒤집히는 역전이 일어나는데, 이것이 전통적인 포식자와 피식자 관계와는 좀 다릅니다. 새로 제안되는 기준이라고 했을 때 '누가 더 우위에 있다' 이런 것이 아니라, 서로 이해하고 인정하는 게 새로운 기준이 됐으면 해요. 그런 메시지가 약간 블랙코미디가 섞인 지점에서 거부감 없이 다가갔으면 좋겠어요.

Q. 엔딩 크레딧 이후 이야기가 계속되잖아요?
A. 처음에는 엔딩 크레딧 이후를 쿠키 영상처럼 할 생각이었는데, 본 챕터 이후 또 다른 이야기가 시작되는 느낌으로 만들어진 것 같아요. <뉴노멀 V>를 기획했을 때는 조금 더 세계관이 컸어요. 세아의 뱀파이

어 가족, V라는 집단, 진호 이야기도 있었죠. 그 이야기를 선보일 기회가 오도록 노력 중입니다. <뉴노멀 V> 확장판 기대해 주세요.

Q. 마지막으로 하고 싶은 말이 있다면?
A. 각자 느끼는 지점에서 자기만의 재미를 찾으셨으면 좋겠어요. 저는 다음 작품으로 또 만나 뵐 수 있게 계속 정진하겠습니다. 감사합니다.

OBS경인TV 「꿈꾸는 U」 (2023.10.03)

· 창작의 과정

2021.12.10 무중력지대 강남&서대문 「넥스트 숏-폼 시즌3」 스트리밍 상영 선정작 및 3차 활주로 프로젝트 선정작
2022.07.08 스태비고 「제1회 OTT 영화제, 무비 어게인」 후보작
2023.08.29 OBS경인TV 「꿈꾸는 U」 9월 방송 선정작 - 본방(10.03.화. 23:50), 재방(10.06.금. 11:40)

<출연진>

배우 : 박유현, 강민우
목소리 : 곽동혁, 반민주
우정출연 : 박세훈

<제작진>

제작 : 엄지픽쳐스
각본/감독/편집/제작 : 김윤지
각색/조감독 : 김민경
촬영 : 김구범
조명 : 이정우
동시녹음 : 서준원, 김현규
연출팀 : 윤시연, 노명훈, 최연정
제작팀 : 반민주, 박세훈
음악/믹싱 : 박한영
기타 연주 : 김건우

단편영화 각본

메데이아의 딸

A Medea's daughter

· **용어 정리**

[ECU (Extreme Close Up)] 특정한 한 곳을 극대화해서 표현하기 위해 사용하는 샷

[E (Effect)] 효과음 표시. 주로 화면 밖 음향이나 대사에 의한 효과를 말함

· **제작정보**

극영화 | 컬러 | 드라마, 스릴러 | 20분 | 2023

<메데이아의 딸> 미리보기

<메데이아의 딸> 테마곡 듣기

S#1. 실내. 소극장, 무대. - 밤

무언가에 집중하고 있는 <u>선주(여, 36세)</u>의 눈 ECU.
핸드폰으로 녹음한 메데이아 대사 소리 들린다.

선주 녹음 목소리　　아이들아, 이 어미가 입을 맞추게
　　　　　　　　　너희들 손을 이리 다오.
　　　　　　　　　귀여운 손, 사랑스러운 입술.
　　　　　　　　　너희들을 축복하노니, 잘 살아야 한다.
　　　　　　　　　저승에서라도.

카메라 점점 멀어지면 텅 빈 객석 맨 앞줄에 앉은 선주, 보인다.

선주, 눈썹 살짝 구기며 스톱 버튼 누른다. 핸드폰 화면의 녹음 리스트 번호 69. 핸드폰 놓고 일어나 무대로 간다. 심호흡 후 다시 연습 시작.

선주 아이들아, 이 어미가…, 이 어미가…, 이 어미가….

분장실 쪽에서 끼익하는 낡은 경첩 움직이는 소리.
선주, 휙 돌아본다. 노란 불빛 새어 나오는 분장실.
선주, 그쪽으로 천천히 걸어간다.
뒤(객석)쪽에서 (숨 넘어갈 듯 웃는 혹은 숨죽이며 우는 소리 같은) 끅끅 소리.
선주, 휙 돌아보지만 아무것도 없다. 지잉! 객석 맨 앞줄에 있는 선주의 핸드폰 진동. 선주, 가서 받는다.

선주 네, 선배님.

시끄러운 술집, 약간 취한 선배 목소리.

반 선배(E) 야, 김선주. 어디고?
선주 …연습하고 있어요.

반 선배(E)	야, 그게 혼자 끙끙댄다고 되나 어디 가서 아라도 한 번 안아보고 오는 게 낫겠다. 그라지 말고 여 이모네로 온나. 연출하고 술 한잔하면서 얘기도 좀 하고. 어?
선주	술은 좀….
이 연출(E)	야, 쟤 나 지금 엿 먹이려는 거지? 지가 연기상 받음 다야? 근데 이건 왜 못하는데? 어? 아이 씨. 사장님, 여기 소주 한 병 더 주세요.

(테이블 위 머리 떨구는 쿵 소리)

반 선배(E)	욤마 또 뻗었네!

통화 뚝 끊긴다.

선주	여보세요? 선배님?

복잡미묘한 표정. 선주, 대본 옆에 핸드폰 내려놓는다. 망설이다가 그 옆의 소품 칼 집어 든다. 선주의 손, 좀 불안하다. 칼을 쥔 선주, 무대에 자리 잡고 다시 연습 시작한다.

선주　　　아이들아

여자아이 목소리(E) 엄마~!

선주, 불에 덴 듯 칼을 놓치고 밖으로 급히 나간다.
떨어진 칼 옆에 '메데이아의 딸' 타이틀.

S#2.　　　실내. 선재네 집, 아기 방. - 낮

침대에 뉜 아기 내려보는 선주의 옆 모습. 무언가 탐구하듯 진지하다.
선재(남, 33세) 얼굴, 선주 옆으로 쓱 들어온다.

선재　　　(아기에게) 시안아, 선주 고모야.
　　　　　　안녕하세요, 했어?

선재 웃는다. 선주도 따라 웃지만 약간 어색하다.

선재　　　한 번 안아 봐.

선주 잠시 생각하지만, 고개 젓는다.

선재	왜?
선주	너무 작아.
선재	많이 큰 건데? 처음에는 정말 요만 했어.
	(선주 손을 끌어다가) 여기를 받치고 이렇게….

선주, 얼떨결에 아기 안으려는데 쾅쾅쾅 대문 두드리는 소리.

미영(E) 시안아~ 할머니 왔다.

둘, 현관 쪽 본다.

선재 (선주에게) 안고 있어.

선재, 밖으로 나간다. 아기 훌쩍대다 운다.
선주, 아기를 어정쩡하게 안고 어찌할 줄 모르다가 고개 돌리며

선주 올케!

선주, 아기 눕히고 밖으로 나간다. 커지는 아기 울음소리.

S#3. **실내. 선재네 집, 복도 - 낮**

열린 아기 방문으로 미영(여, 58세)이 칭얼대는 아기를 안고 서 있는 모습 보인다. 그 곁에 연희(여, 32세)가 딸랑이를 흔들고 있다. 선주, 그 앞을 지나다가 잠시 멈추고 방 안을 본다. 선재, 젖병 흔들며 선주 지나쳐 방으로 후다닥 들어간다. 선주, 거실로 가는데 들리는 가족들 목소리.

연희(E)   온도는?
선재(E)   맞췄지.
미영(E)   줘, 내가 먹일게.
　　　　　배고팠나 보다. 아이고 잘 먹는다.

화기애애한 웃음소리.
선주, 소파에 앉아 가방에서 '메데이아' 대본 꺼낸다.

S#4. **실내. 선재네 집, 거실. - 낮**

대본에 집중하는 선주. 인기척에 힐끗 본다. 미영, 선재에게 끌려온다. 미영은 긴 카디건 위에 손목시계 차고 있다.

미영   그냥 조용히 보기만 할게.

선재   안돼. 엄마가 자꾸 깨우잖아.

미영이 소파 쪽으로 오자 선주, 건너편 소파로 이동한다.
미영, 소파에 앉으며

미영   아유, 알았다, 알았어.

선재와 선주, 눈 마주친다.

선재   과일 줘?
선주   아니.
미영   그래.

선주 미영과 잠깐 눈 마주치지만, 고개 돌린다.

선재   그냥 먹어.

미영, 선주 보다가 가방에서 거울 꺼내 화장 정돈한다.

미영   얼굴 까먹겠다.

선주	….
미영	그 돈 안 되는 거 아직도 하고 있는거니?
선주	….
미영	넌 좋겠다. 너 하고 싶은 대로 다 하고 살아서.

선주, 대본을 소리 나게 무릎에 내려놓는다.
그 소리에 미영 잠시 멈칫한다.

대본에 휘갈긴 메모.
[사랑이 없음. 엄마가 자식을 죽이는 게 너무 쉽다.]
대본 뒤로 미영 모습 함께 잡힌다.

S#5. 실내. 선재네 집, 거실. - 낮

거실 매트 위에 접이식 상 펴 있고, 상 위 놓인 과도와 쟁반. 쟁반에 알록달록한 과일(참외, 포도, 키위) 있다.
바닥에 연희, 큰 소파에 미영, 옆 작은 소파에 선주 앉아 있다.
선재가 포크와 접시 갖고 와 상에 놓는다. 손목보호대 두른 연희가 칼과 참외 집는다. 선재, 연희의 과도를 뺏으려 하며

선재 줘, 내가 깎을게.

연희	싫어, 오빠는 대충 깎잖아.
미영	그래, 연희가 예쁘게 깎아 봐.

연희, 정성스레 참외를 깎는다.

미영	(선재에게)둘째도 낳아야지?
	터울 너무 많으면 안 좋아.
선재	하나만으로도 벅차. 둘을 어떻게 키워?
연희	사랑으로. 혼자면 외로울 수도 있잖아.
미영	그래. 내가 도와주면 되지. 너도 중학생 때까지 외할머니랑 살았잖아.
선재	그래서 내가 애정결핍이잖아.
미영	아이고, 니가?
연희	오빠는 애정과잉이지.
미영	맞다, 맞아. 그래서 결혼도 빨리하고 애도 빨리 낳았지.
선재	그러니까 애정결핍이지.

셋은 화기애애 하지만, 선주만 따로 논다.
선재, 선주를 의식하며

선재　　　　누나, 이리 와서 과일 좀 먹어.

선주, 마지못해 아래로 내려와 앉는다. 선재도 내려와 선주 곁에 앉는다.
미영, 선주를 힐끗 보고 몸을 약간 반대로 틀어 앉는다.

선재　　　　아, 지금 물어보면 되겠네.
선주　　　　됐어.
선재　　　　왜? 여기 엄마가 둘이나 있는데.
미영　　　　뭔데?
선재　　　　엄마가 궁금하대.
미영　　　　나?
선재　　　　아니, 이번에 엄마 역할이래.
미영　　　　결혼도 안 했는데 무슨.
선재　　　　이름이 뭐였더라? 메….
연희　　　　메데이아.
선재　　　　어, 메데이아. 엄만데, 자기 애를 죽였대.
미영　　　　아니, 왜?
선재　　　　남편이 자기랑 애들 버리고 새장가 가겠다고 해서.
미영　　　　근데 왜 애를 죽여? 남편이 죽일 놈인데.

선재   남편에게 고통을 주기 위해서.

연희, 툭! 참외 반으로 자른다.

미영   말도 안 돼. 그런 엄마가 어딨니?
선주   왜 없어. 자기 애 죽이는 부모들 있잖아.
          그 반대도 있고.

연희, 참외를 칼로 툭툭 썰며

연희   그건 부모가 아니라 그냥 살인자죠.
선재   맞아. 자기 애를 어떻게 죽여?
선주   사랑하면, 그렇겠지?
선재   당연하지. 안 그래, 엄마?
미영   그럼.

선주, 단호한 미영의 목소리에 벌떡 일어난다.

선재   왜?
선주   … 화장실.

S#6.   실내. 선재네 집, 화장실 앞. - 낮

화장실에서 물소리 들린다. 잠시 후 문 열리고 얼굴에 물기 있는 선주 나온다.

선주, 무슨 소리 듣고 아기 방 쪽으로 고개 돌린다.

S#7.   실내. 선재네 집, 아기 방. - 낮

수유 등만 켜져 있는 어두운 방. 아기 칭얼대는 소리.
약간 열린 문 밀고 선주 들어온다.
선주, 아기가 누워 있는 침대 곁에 앉아 어르려고 한다.

끼익, 극장에서 들었던 경첩 소리와 함께 선주 뒤로 다가오는 검은 슬립의 여자(미영).
끅끅 소리 들리고 선주 눈 꼭 감는다.
로우앵글(바닥에 누운 어린 선주 POV)로 술 취한 미영의 얼굴, 칼을 쥔 손, 발 등 섬광처럼 나타났다 사라진다.
눈 감은 채 얼어붙어 버린 선주와 일어나 방을 나가는 선주 두 모습이 환영처럼 나뉜다.

S#8.   (회상) 실내. 선주네 집, 화장실 앞. - 밤 (4:3 비율)

열린 화장실 틈 불빛 밝다. '엄마~ 어딨어?'하고 부르는 어린 선주의 목소리. 천천히 화장실로 다가간다. 어린 선주, 다시 한 번 울먹이며 '엄마'.
문 천천히 밀면, 끼익 하는 낡은 경첩 소리. 화장실 바닥에 피로 붉어진 흰 수건과 그 밑에 미영이 들었던 칼날 보인다.
블랙아웃.
환청처럼 들리는 미영과 선주(메데이아 대사)의 목소리.

미영/선주(E) 잘 살아야 한다.

S#9. **실내. 선재네 집, 아기 방. - 낮 (S#7에서 이어짐)**
선주, 아기를 안고 '메데이아의 자장가' 허밍으로 부른다.
칭얼댐 잦아들자, 아기를 침대에 눕힌다. 자기도 침대에 머리를 기대 눕는다.

S#10. **실내. 선재네 집, 거실. - 낮**
거실 소파에서 좀 떨어져 통화 중인 선재.

선재 네, 과장님. 오늘은 가족 행사 때문에⋯.

작은 접시 들고 오던 연희 멈추며

연희 (입모양으로) 왜? 회사?

선재, 괜찮다는 표정하고 가라고 눈짓한다.

선재 내일 확인하고 바로 연락 드리겠습니다.

연희, 잘라 둔 과일들을 작은 접시에 옮겨 담는다.
선재, 통화 끝내고 거실로 온다. 핸드폰으로 아기 동영상 보고 있는 미영 옆으로 가며

선재 아예 핸드폰에 들어가시겠다. 그렇게 예뻐?

미영 핸드폰 속 시안이 동영상.

미영 어. 애기가 너무 예뻐. 너희들 키울 때는 몰랐는데.

선주, 거실로 돌아와 자리에 앉는다. 연희, 선주 쪽으로 가 과일 접시 내주며

연희 좀 드세요.

선주	고마워요.
연희	근데 형님, 그 메데이아 자식들요, 태어나지 않는 게 좋을 뻔했어요.
선주	네?
연희	부모가 좀 이상하잖아요. 그럼 그 애들도 그럴 거고. 그런 애들이 우리 시안이랑 같이 있다고 생각하면, 좀…….
선주	애들이 부모와 꼭 같나요?
연희	책에서 보니까, 어릴 때 경험이 평생 간대요. 낙인처럼.
선주	…….
연희	근데 공연은 언제예요? 보러 갈게요.
선주	됐어요. 바쁠 텐데.
연희	바빠도 가야죠. 가족인데.
선주	가족…….

선주와 연희 쪽 의식하고 있던 선재

선재	누나, 그냥 좀 알려줘라. 매번 정말…….
미영	(손목시계 보고) 시간이 언제 이렇게 됐대?

	일어나야겠다.
선재	엄마, 근데 그 시계 정말 오래 찬다.
	새로 하나 사줘?
미영	됐어. 이게 편해.

미영 짐 챙긴다.

연희	벌써 가시게요? 저녁 드시고 가시지.
미영	됐네요. 애 내일 또 출근하잖아. 쉬어.

미영 일어나고, 선재와 연희도 따라 일어난다.

선재	손 줘봐. 사이즈 좀 보자.
미영	(손 빼며) 아 됐어.
	가기 전에 우리 시안이나 한 번 더 안아 봐야겠다.
연희	(미영 곁으로 가며) 같이 가요, 어머니.

연희, 미영의 팔짱 끼고 함께 아기 방 쪽으로 간다.
선주, 그 모습 본다.

S#11.　　　실내. 선재네 집, 거실. - 낮

선재, 상을 정리하며 선주에게 툭

선재　　　적당히 좀 해.
선주　　　뭘?
선재　　　오랜만에 봤는데, 좀 오붓하게 있으면 안 돼?
　　　　　　누나 때문에 에어컨이 필요 없다.

선주, 일어나며

선주　　　그러니까 엄마는 왜 불러?

선재, 욱 하지만 한번 참고

선재　　　엄마 데려다줘. 가는 길이잖아.

선주, 한숨 쉰다.

선재　　　누나는 뭐가 그렇게 불만이야? 엄마 혼자서 우리랑 외할머니까지 책임진 건데. 받은 만큼은 아

	니더라도 할 만큼은 해야지.
선주	너나 해. 서로 불편하게 만들지 말고.
선재	가족이니까 그냥 이해하고…, 그런 거잖아. 나는 뭐 다 좋았는 줄 알아?
선주	…니가 부럽다.
선재	뭐? (헛웃음)……. 난 엄마가 손님이었어. 가끔 선물이나 들고 찾아오는!
선주	그게 낫지. 서로 애틋하고, 미안하고. 최악일 때 곁에 있어 봐. 아무것도 모르는 주제에.

선주, 가방 어깨에 걸치고 돌아선다.
선재, 선주의 가방을 잡아 돌려세우며

선재	……. 뭘 모르는데?

선주, 가방을 휙 빼며

선주	… 됐다.
선재	그거! … 모르는 게 더 이상한 거 아니야?

선주, 멈춰 선다. 그 뒤로 씁쓸한 표정의 선재 보인다.
선주는 뒤를 돌아볼까 말까 고민하지만, 차마 선재의 얼굴을 보지 못하고 나간다.

S#12.   실외&실내. 선재네 집 앞, 차 밖&안. - 이른 저녁

선주, 운전석에 앉아 있다.
선재, 안 간다고 버티는 미영 달래며 보조석 쪽으로 데려온다.

미영   아, 됐다니까.
선재   타고 가.

선재, 미영을 차에 태운다.

선재   조심히 가요. 도착하면 연락하고.

선재, 차 문 닫고 간다.

둘, 잠시 불편한 공기 느낀다.
미영, 안전띠 확 잡아당긴다. 띠가 따라오지 않는다. 계속 팍팍 당긴다. 선주, 미영의 안전띠 쪽으로 손 뻗는다.

미영, 다가오는 선주의 손 확 밀쳐버린다. 미영, 선주가 안전띠를 해주려 했다는 것을 뒤늦게 알아채고 멋쩍어한다.

선주　　　왜 그랬어?
미영　　　뭘?

선주, 미영의 왼쪽 팔 본다. 충동적으로 그 손을 잡고 손목시계 풀려고 한다.

미영　　　놔! 얘가 왜 이래!

둘, 티격태격하다가 결국 선주가 시계를 풀었다. 선주, 미영의 긴 소매 걷는다. 미영 팔에 오래된 칼 자국 드러난다. 미영, 상처를 숨긴다. 선주는 생각보다 큰 미영의 상처에 움찔하지만, 티 내지 않는다.

미영　　　… 선재도 알아?
선주　　　알면.
미영　　　(못 믿겠다는 듯) 말했어?
선주　　　왜? 걔한테는 그냥 보통 엄마였으면 싶어?

선주, 호흡 가다듬고 다시 정면을 본다.

선주　　　　왜 그랬어?

미영도 정면 보고

미영　　　　그땐 아팠어. 아파서 그랬던 거야.
선주　　　　그래서. 이해하라고?

미영, 오히려 뻔뻔하게

미영　　　　지난 일이야. 이제 와서 왜 그래? 너도 이제 다 컸잖아.
선주　　　　…….
미영　　　　(마지못해) 그래, 내가 잘못했다. 됐니?

선주, 미영의 말을 곱씹다가

선주　　　　죽였어야지.
미영　　　　?

선주	마음먹었으면 끝까지 했어야지. 나 죽이려다 말았잖아.

미영, 말문이 막혔다.

선주	내가 그렇게 짐이었어? 차라리 나 죽이고 딴 남자 만나 잘살지 그랬어? 죽을 때까지도 그렇게 버리고 갈 거면 뭐하러 낳았어? (미영을 바라보며) 난 어떡하라고!

미영 감정 동요되지만, 오히려 착 가라앉는다.

미영	넌 살았으면 했어. 나랑 다르게.

선주, 기가차다.

선주	그게 말이 돼?

선주, 미동도 하지 않는 미영에게 가장 묻고 싶던 질문한다.

선주	나 … 사랑했어?
미영	…….
선주	난 세상에서 엄마가 전부였어! 그게 어떤 엄마든.
미영	버거웠어. 너도 내 삶도.
선주	엄마가 미워. 그리고 엄마를 미워하는 내가 너무 싫어.
미영	그냥 미워해. 괜찮아. 그건 내 몫이고, 너는 네 몫만 잘 살아내면 돼. 가.

미영, 문 열고 밖으로 나간다. 쾅! 문 닫히는 소리.
선주, 감정 추스르고 차 출발시킨다. 미영의 시계를 쥔 채다.
선주 차, 미영 곁을 스쳐 지난다. 계속 앞으로 간다.
선주, 소리 없이 하염없이 눈물 흐른다.

선주, 자동차 멈춘다.
백미러로 길에 주저 앉은 미영 모습이 보인다.
그 뒤로 노을이 붉다.
선주, 끅끅 거리며 운다.

S#13.   실외. 도로. - 이른 저녁

미영, 걸어간다.

선주 차, 미영 곁을 지나친다.

선주 차가 어느 정도 멀어진 후 미영, 쪼그려 앉는다.

고개 숙인다. 끅끅 소리 난다.

멀리 간 선주 차, 멈춘다.

둘, 오랫동안 그렇게 제 자리에 멈춰 있다.

붉은 노을이 진다.

S#14.   실내. 소극장, 무대. - 밤

밝은 조명 아래, 정면 보고 있는 선주 얼굴 ECU.

진한 눈 화장이 미영과 비슷하다.

대사하는 동안 카메라 점점 뒤로 빠진다.

선주   아이들아, 이 어미가 입을 맞추게
           너희들 손을 이리 다오.
           (손에 쥔 칼 보며) 귀여운 손,
           사랑스러운 입술.

선주, 고개 든다. 객석에 앉은 미영 발견한다.

선주와 미영, 서로 눈 마주친다. 충분히 서로 바라본다.

선주　　　　(미영 보며) 너희들을 축복하노니···.

선주, 손에 쥔 칼 뺀다.

선주　　　　잘 살아야 한다.

미영, 눈물 흐른다. 왼손으로 눈물 훔친다. 짧은 상의 때문에 팔의 상처 드러난다. 그 위로 실금 같은 팔찌가 보인다.

선주 눈에 눈물 가득 차 있다.

마지막 대사하려고 입을 떼는 순간 화이트아웃.

그리고 속삭이는 듯한 선주의 목소리.

선주(E)　　　어디에서라도.

'메데이아의 자장가'와 함께 엔딩크레딧 올라간다.

메데이아의 자장가

박한영

※ 2023년 6월 18일 촬영 때 사용한 각본으로 최종 영상과 차이가 있습니다.

비하인드 스토리

· **캐릭터 설정**

　연극배우 **선주**는 희랍극 <메데이아*>의 주연을 맡았다. 선주는 매번 다른 사람이 될 수 있는 무대를 사랑한다. 하지만 이번 역할에는 잘 집중하지 못하고 있다. 연출은 자기 자식을 죽인 메데이아라고 해도 자식에 대한 사랑과 복합적인 심정이 있을 건데, 그것을 표현하지 못한다며 선주 연기에 불만을 내비쳤다. 선주는 자기 나름대로 메데이아를 이해하기 위해 노력하지만, 그럴수록 과거 기억이 떠오르며 환청까지 들린다. 선배는 선주에게 지인의 아기라도 안아보라는 조언을 한다. 계속 이런 식이면 배우를 교체할 수밖에 없다는 최후통첩을 받은 후, 선주는 동생네를 방문한다. 태어난 지 100일 정도 된 조카를 보기 위해서다. 선주는 조카를 안아보지만, 모성이라 불릴만한 어떤 감정도 느껴지지 않는다. 올케에게 엄마가 된 심정을 물어봐야겠다고 생각했는데, 엄마가 온다. 선주는 엄마가 불편하고, 엄마 또한 딸보다는 살가운 며느리인 연희가 더 편하다.

　선재는 중학교 때까지 외가댁에서 자랐고 이후 기숙형 고등학교에 진학했다. 외조부모님은 나름대로 충분한 사랑을 주었지만, 선재는 엄마와 같이 사는 누나가 부러웠다. 한두 달에 한 번 정도 보던 엄마는 매번 새 장난감을 사 왔다. 선재는 장난감은 필요 없었다. 이후 대학에서 만난 연희와 빨리 가정을 이뤘다.

---

*메데이아(Μήδεια) : 그리스 로마 신화 등장인물로, 콜키스의 왕이자 태양신의 아들인 '아이에테스'의 딸이다. 콜키스에 있는 황금양털을 훔치러 온 이아손에게 반해 황금양털을 훔치는 것을 돕고, 그를 따라 고향을 떠난다. 기원전 431년 '에우리피데스'가 메데이아와 이아손의 마지막 이야기를 극화한 것이 비극 <메데이아>다.

연희는 아이를 낳은 지 100일 좀 지났다. 선재와 큰 다툼 없이 만났고, 자연스레 결혼까지 이어졌다. 현재 생활에 만족한다. 밝고 온정적인 성격이며 초보 엄마지만, 아기를 키우는 게 보람 있고 행복하다. 세상 무서운 걸 아직 경험해 보지 못해 그런 걸 수도 있다. 시원시원한 성격의 시어머니가 그리 불편하지만은 않다.

미영은 선재를 낳고 얼마 지나지 않아 이혼했다. 남편은 부모님이 정해 준 사람이었다. 둘은 서로에게 정이 아니라 증오만 쌓였다. 이혼 후 미영은 혼자 돈도 벌고 아이도 키워야 했다. 미영의 부모는 손자인 선재는 맡아주었으나 선주까지는 난색을 보였다. 미용사로 버는 돈에 한계가 있어 미용실 손님이었던 마담의 권유로 룸살롱에서 일을 시작했다. 그 당시 미영은 삶이 버거웠다. 그러다 세상을 사는 것보다 등지는 게 쉽다는 생각이 들었다. 선주가 열 살 정도 됐을 무렵이었다. 어느 날 밤, 미영은 술에 취해 칼을 쥐고 선주가 자는 방에 들어갔다. 같이 죽을 생각이었다. 하지만 곤히 자는 얼굴을 보고 있으니 찌를 수가 없었다. 한참을 숨죽여 울다가 방을 나갔고, 선주는 문이 닫힌 후 눈을 떴다.

선주가 실눈을 뜨고 본 것은 엄마 손에 들린 칼이었다. 무서워서 계속 자는 척했다. 엄마가 나간 후 밖의 소리에 귀 기울였다. 킥킥거리는 엄마의 소리가 잦아들고 고요해졌다. 이상한 기분이 들어 나가 보니 화장실에 불이 켜져 있었다. 화장실 안에서 핸드폰 진동 소리가 들렸다. 엄마, 하고 불렀으나 아무 대답이 없었다. 다시 한번 엄마, 하고 부르며 문을 밀었다. 바닥에 붉게 물든 칼이 보였다. 쾅쾅쾅 현관문을 두들기는 소리가 났다. 미영이 손목을 긋기 전 문자를 보냈던 동료가 이상함을 느끼고 집에 찾아온 것이었다. 미영은 응급실로 실려 갔고 다행히 살았다. 선주는 그 일을 지금까지 한 번도 입 밖에 내지 않았다. 미영은 당연히 자식들이 그 일을 모를 거로 생각했다. 아니, 모르길 바랐다.

선주는 자식을 사랑하지만 죽여버린 메데이아의 모순을 이해하기 위해서 먼저 자신의 엄마를 이해해야만 한다.

· **발상에 도움을 준 이야기**

> 부모가 가하는 모욕이나 괴롭힘은 아이의 발달을 제지하고 치명적인 심리적 상처를 줄 수 있다. 정서적 폭력은 아이를 무시하거나, 비난하거나, 모욕적인 말을 쏟아내거나, 주눅 들게 하는 등 다양한 형태로 나타난다.
>
> • 베르너 르텐스(Werner Bartens) 지음, 손희주 옮김, 『감정 폭력 : 세상에서 가장 과소평가되는 폭력 이야기』, 걷는나무, 2019. (p. 127)

> 어른이 된다는 것은, 진실을 거부하지 않으며, 억압했던 고통을 자기 안에서 느끼고, 몸이 감정적으로 알고 있는 과거를 정신적으로도 받아들여 더 이상 억압하지 말고 통합해야 한다는 것을 의미한다. 그 이후에 부모에 대한 관계가 유지될 수 있을지 없을지는 주어진 상황에 따라 달라진다. 하지만 이때 반드시 해야 할 일이 있다. 사람들은 사랑이라고 하지만 결코 사랑이 아닌, 지금 마음속에 내면화되어 있는 어린 시절의 부모에 대한 애착, 곧 사람을 병들게 하는 애착에서 벗어나야 한다. 이 애착은 감사와 연민, 기대, 부정, 환상, 복종, 불안, 처벌에 대한 두려움과 같은 다양한 요소들로 구성되어 있다.
>
> • 앨리스 밀러(Alice Miller) 지음, 신홍민 옮김, 『폭력의 기억, 사랑을 잃어버린 사람들』, 양철북, 2006. (p. 100-101)

> 어떻게 해야 어머니가 특권 남용이라는 유혹에서 벗어날 수 있을까? 그것은 어머니가 완벽하게 행복하거나 아니면 성인이거나, 둘 중 하나가 되어야만 가능한 일이다.
>
> • 재클린 로즈(Jacqueline Rose) 지음, 김영아 옮김, 『숭배와 혐오: 모성이라는 신화에 대하여』, 창비, 2020. (p. 179)

《단행본》

- 기시미 이치로(岸見一郎), 고가 후미타케(古賀史健) 지음, 전경아 옮김, 『미움 받을 용기 : 자유롭고 행복한 삶을 위한 아들러의 가르침』, 인플루엔셜, 2014.

- 브레네 브라운(Brené Brown) 지음, 서현정 옮김, 『나는 왜 내 편이 아닌가 : 나를 괴롭히는 완벽주의 신화로부터 자유로워지는 법』, 북하이브, 2012.

- 알프레드 아들러(Alfred Adler) 지음, 라영균 옮김, 『인간이해』, 일빛, 2009.

- 야누시 코르차크(Janusz Korczak) 지음, 샌드러 조지프(Sandra Joseph) 엮음, 이츠하크 벨페르(Yitzhak Belfer) 그림, 홍한별 옮김, 『(야누시 코르차크의) 아이들』, 양철북, 2020.

- 앨리스 밀러(Alice Miller) 지음, 노선정 옮김, 『천재가 될 수밖에 없었던 아이들의 드라마 : 무의식에서 나를 흔드는 숨겨진 이야기』, 양철북, 2019.

- 앨리스 밀러(Alice Miller) 지음, 신홍민 옮김, 『사랑의 매는 없다 : 폭력과 체벌 없는 어린 시절을 위하여』, 양철북, 2005.

- 에우리피데스(Ευριπίδης) 지음, 강대진 옮김, 『메데이아』, 민음사, 2022.

- 에우리피데스(Ευριπίδης) 지음, 김종환 옮김, 『메데이아』, 지만지드라마, 2019.

- 존 브래드쇼(John Bradshaw) 지음, 오제은 옮김, 『상처받은 내면아이 치유』, 학지사, 2004.

- 캐서린 조(Catherine Cho) 지음, 김수민 옮김, 『네 눈동자 안의 지옥 : 모성과 광기에 대하여』, 창비, 2021.

- 프란츠 그릴파르처(Franz Grillparzer) 지음, 윤시향 옮김, 『프란츠 그릴파르처의 메데이아』, 지만지드라마, 2019.

《논문》

- 남영옥, 「청소년의 가정폭력 경험이 정신건강에 미치는 영향에 대한 보호요인의 중재효과」, 『청소년미래학회지』, 5(3), 2008.

- 문성원, 「가정 내 정서적 폭력에 대한 개념적 이해와 피해자 보호」, 『피해자학연구』, 28(2), 한국피해자학회, 2020.

- 장덕희, 「가정폭력 경험특성이 자녀의 정서적, 행동적, 사회적 부적응에 미치는 영향」, 『청소년학연구』, 11(3), 2004.

《영화》

- 구로사와 기요시, 『큐어(Cure, キュア)』, 1997, 일본.
- 김세인, 『같은 속옷을 입는 두 여자(The Apartment with Two Women)』, 2022, 한국.
- 린 램지, 『캐빈에 대하여(We Need to Talk About Kevin)』, 2012, 미국.
- 아리 에스터, 『유전(Hereditary)』, 2017, 미국.
- 자비에 르그랑, 『모든 것을 잃기 전에(Avant que de tout perdre)』, 2012, 프랑스.
- 자비에 르그랑, 『아직 끝나지 않았다(Jusqu'à la garde)』, 2017, 프랑스.

《기타》

- 국립극단 리허설북 21 연습과 과정의 기록 『메디아』, 2017, 서울.

· **상영회 후 관객과의 대화**

진행 남순아 감독 / **참석자** 김윤지, 이호진 배우, 장유진 배우

남순아 언더그라운드 플러스에 참여하신 계기는 무엇인가요?

김윤지 작년에 서울문화재단 'PLAY-UP 아카데미 장편 희곡 창작 워크숍'에서 부천스토리텔링아카데미에서 썼던 단편소설을 장편 희곡으로 개작했어요. 희곡은 결혼한 선주가 옛 가족과 새 가족 안에서 자기를 돌아보며 생기는 갈등이었는데요, 선주와 엄마 이야기에 집중해 단편영화로 만들어 보고 싶어서 언더그라운드 플러스에 참여했습니다.

남순아 영화를 통해 전달하고자 하는 메시지는 무엇이었나요?

김윤지 보통의 성장 서사는 10대 때나 20대 초반 이야기가 많은데요, 30대 미혼 여성의 성장 서사를 만들어 보고 싶었어요. 여기에는 제 자전적인 이야기가 많이 들어가 있어요. 1년 넘게 '내가 하고 싶은 말이 무엇인가'를 고민했는데, 제가 찾아낸 말은 '이해를 위해 어느 정도 끊어내거나 거리감이 필요하다'였어요. 성장이 꼭 화합은 아닌 거죠.

남순아 **저는 그 지점이 감독님의 시선을 보여준다고 생각해서 무척 인상적이었는데요. 이러한 결말을 선택하신 이유가 무엇인지, 그리고 이후에 선주와 엄마의 관계가 어떻게 달라질지 여쭤보고 싶습니다.**

김윤지 가족이라서 서로를 더 야박하게 볼 때도 있는 것 같아요. '우리 엄마는 우리 딸은 이래야 해, 이랬으면 좋겠어'라는 생각 하잖아요. 정상 가족 이데올로기나 이상적인 엄마와 딸을 강요하는 프레임으로 봤을 때는 서로 힘든 점이 많은 것 같아요. 기존의 틀과 내가 상상하는 이상적인 사람으로서 가족을 보는 게 아니라, 인간 대 인간으로 서로를 볼 수 있으면 좋겠어요. 심리적, 물리적으로 떨어져서 볼 수 있을 정도로 내가 성장하면 좋겠다는 마음을 담았어요. 그리고 단편이라는 짧은 시간에서 삼십 몇 년, 엄마 같은 경우는 더 많은 세월을 그런 사람으로 지냈을 텐데 단순한 어떤 사건만으로 완전히 변하고 서로를 이해하고 모든 잘못을 잊는 극적인 화해 같은 결말은 있을 수 없다고 생각해요. 우선 끊어진 다음 다시 연결될 지점을 찾는 게 순서 같아요.

남순아 이후에 선주하고 엄마의 사이는 어떻게 될 것 같으세요?

김윤지 엄마는 생각하지 못했던 딸의 마음을 들었기에 충격을 받았지만, 그걸 표현하지 않았어요. 그런 엄마가 선주의 공연을 보러 갔다는 것 자체로도 엄마 입장에서는 큰 변화였다고 생각해요. 엄마가 한 발짝 다가갔으니, 선주도 느끼는 바가 있었겠지요. 그래서 마지막에 대사는 엄마에게 한 거였어요. 아이들을 죽이기 전의 메데이아 대사인데, 원래는 '잘 살아야 한다, 지옥에서라도.'인데, 마지막에는 '어디에서라도.'라고 속으로 하는 것처럼 표현돼요. 그게 선주가 엄마에게 하는 말이에요. 말투나 눈빛에서 선주의 마음이 드러났다고 생각해요. 그 후 나오는 '메데이아의 자장가' 또한 이들의 감정을 정리해 주는 역할을 하죠. 아마 다음 모임 때는 엄마도 딸의 세계 혹은 딸의 삶에 자신을 투영하는 게 아니라 그 존재 자체로 봐주려고 할 것 같고, 선주도 엄마한테 날 선 반응을 하는 게 아니라 어느 정도 열린 마음을 가지고 볼 수 있지 않을까 생각합니다.

남순아 선주 역을 맡은 이호진 배우님께도 질문을 드리고 싶은데요. 영화가 이야기는 짧지만, 굉장히 깊은 감정을 표현하고 있잖아요. 그래서 여기에 적절한 표현선 찾기가 쉽지 않았을 것 같아요. 딸이 엄마를 좀 안쓰러워하는 캐릭터가 많기 때문에 좀 다른 지점이 있었을 텐데, 어떠셨나요? 분출은 해야 하고, 그렇다고 너무 과잉되어서는 안 되고 그 표현성을 찾기 어려우셨을 것 같은데, 감독님이나 혹은 엄마 역할을 맡은 상대 배우님과 어떤 이야기를 나누면서 맞춰가셨는지 궁금합니다.

이호진 공개오디션을 통해 이 작품을 알게 되었는데요. 처음에는 사회적인 문제를 다룬 거라고 생각했어요. 부모가 아이를 죽인 것으로 한참 이슈였잖아요. 어떤 사정이던 엄마가 자녀를 죽이려고 했을 때 제가 피해자 입장으로 접근하는 부분도 생각해야 하는지 고민이었어요. 엄마를 용서해도 되는가 조심스럽기도 했고요. 감독님이 사회적 문제라는 큰 시선보다 가족 간의 오해와 소통 지점을 다시 한번 볼 수 있게, 관계적인 부분을 좀 더 집중하고 싶다고 하셔서 저도 그런 부분을 고민해서 풀려고 했어요. 가족 간 문제는 누구에게나 있잖아요. 저도 엄마와의 갈등이나 고민이 있는 평범한 딸의 입장으로서 바라보려고도 했고, 그러면서 선주를 이해하려고 접근했어요.

남순아 감독님과 이야기를 많이 나누고 배우님 본인의 경험을 같이 녹여내면서 연기를 하셨군요. 사실 작품에서 선주의 눈이 굉장히 극렬하게 여러 번 강조가 되잖아요. 맨 처음에 선주 캐릭터 딱 등장할 때도 그렇고 끝날 때도 선주 얼굴이 강조되고. 저는 선주가 남동생네 가족들을 바라보는 이글이글한 눈도 되게 좋았습니다.

다음으로 연희 역의 장유진 배우님, 저는 영화에서 연희 캐릭터가 너무 좋았거든요. 굉장히 러블리한 올케이지 않습니까? 엄마 미영, 주인공 선주, 남동생 선재 각자의 비밀이 있는데 연희는 약간 좀 해맑게 속을 긁는 '안 태어나는 게 나았을 뻔했죠.' 이러고, 과일을 깎는 그 장면이 의미심장하게 연출이 되어 있어서 그게 연희 캐릭터랑 연결이 돼 보이더라고요. 영화를 다 보고 나서 '연희는 모를까'라는 생각이 들더라고요. 배우님은 어떤 생각을 가지고 연기하셨는지 궁금해요. 영화 속 굉장히 중요한 이슈에서 좀 배제된 캐릭터인데, 어떤 걸 중요하게 생각하면서 연기하셨는지, 그리고 이런 속 사정을 연희가 모를 거라고 생각하시는지 여쭤보고 싶습니다.

장유진 저는 일단 연희라는 인물이 선주랑 대비되게 화목한 가정 환경에서 자라온 친구라고 생각했어요. 그렇지만 철없고 아무것도 모른다기보다, 남편과 또 남편의 누나, 어머니랑 모이는 자리에서 분명히 어떤 이질감이나 불편함을 느꼈을 거라고 생각했어요. 어떤 일이 있었는지 구체적인 거는 당연히 알 수 없겠지만, 그들 간에 오가는 대화나 분위기 속에서 나와는 다른 삶을 산 사람들일 수 있겠구나 정도는 느끼지 않았을까 생각해요. 그래서 선주에게 '메데이아 자식들은 태어나지 않는 게 좋을 뻔했어.'라는 대사도 철없이 얘기하는 것보다, 어쨌든 이 상황에서 뭔가 선주에게 좋은 마음으로 친해지고 싶고 다가가고 싶다는 생각에서 했어요. 그리고 내가 이걸 해결할 수 없지만 그래도 가족이니까, 연희한테 가장 중요한 건 가족이라고 생각했거든요. 그 가족이라는 이름 안에서 다 같이 어우러졌으면 좋겠다는 마음으로 그 자리에 있었다고 생각했습니다.

남순아 맞아요. 선주한테 과일도 건네 주고. (웃음)

감독님은 오늘 보면서 어떠셨나요?

김윤지 남순아 감독님께서 마지막까지 잘라 내라고 호소하시던, 선주가 극장에서 혼자 연습할 때 전화 받는 부분을 통으로 날렸는데, 지금 보니까 약간 안 붙는 거 같기도 하고요. 저는 알고 봐서 그럴 수도 있으니, 그 부분이 자연스럽게 보이는지 궁금하네요. 이따 뒤풀이 가서 한번 물어보겠습니다.

남순아 맨 처음 선주가 연극 연습을 할 때 원래 전화 받는 장면이 있었는데, 제가 빼라고 많은 호소를 드렸습니다. 그 생각을 하고 계셨군요. 아, 이 질문도 너무 하고 싶은데요. 빠르게 하나만 더 질문하도록 하겠습니다. 본인 작품에서 가장 좋아하거나 중요하게 생각하는 장면을 말씀해 주신다면요.

김윤지 저는 엄마가 칼 들고 오는 환상 신이 생각보다 잘 나온 것 같아요. 그리고 차 안에서 선주와 미영의 대화 신도 매우 좋아하는 장면입니다.

남순아 마지막으로 하고 싶으신 말이 있다면?

김윤지 촬영할 때 힘써 주신 제작팀 분들과 배우님들, 바쁘실 텐데 와 주셔서 너무나 감사합니다. 아직 후반 작업이 덜 돼서 부족한데, 보시고 표정이 안 좋으시면 어쩌나 걱정 많았는데요. 오늘 보면서 이 부분은 이렇게 편집해 봐야겠다는 생각도 들고 좋았습니다. 그리고 이 작품을 끝으로 다시는 제 돈 써서 영화 안 찍겠다고 마음먹었기 때문에, 만약 제가 또 영화를 찍는다면 그때는 제 돈으로 찍는 게 아닐 테니 많이 응원해 주시기 바랍니다. 그리고 장편 희곡도 조만간 완성해 선보일 예정이니 기대해 주시면 좋겠습니다. 감사합니다.

서울영상위원회 충무로영상센터 오!재미동 「언더그라운드 플러스 2023」 상영회 (2023.08.26.)

· **창작의 과정**

2023.03~08 서울영상위원회 충무로영상센터 오!재미동 제작 워크숍 「언더그라운드 플러스 2023」 지원작
2023.07.10 인천문화재단 인천청년문화창작소 시작공간 일부 「2023 청년문화활성화 사업」 자립지원 선정
2023.09.15 인디스토리 단편영화 후반 제작지원 사업 「2023 인디꿈틀 프로젝트」 3차 선정작(디지털 마스터링 & 자막 스파팅)

<출연진>
배우 : 이호진, 박은영, 유정하, 장유진
목소리 : 최지아
보조출연 : 권정미, 김민경, 김세웅, 박세훈, 박예소,
　　　　　반민주, 안정용, 이지원, 최연정, 황정언

<제작진>
제작 : 엄지픽쳐스
각본/감독/편집/D.I : 김윤지
프로듀서 : 김민경
촬영/타이틀 캘리그라피 : 임공삼
조감독 : 이정민
스크립터 : 윤시연
조명 : 현명진
동시녹음 : 공상혁
제작팀 : 박세훈, 반민주, 최연정
분장/헤어 : 조수정
음악 : 박한영
믹싱 : 박병진
번역 : 백화진
번역 감수 : 김수연

함께한 사람들

함께한 사람들

프로젝트 B
각자 본업 A가 있는 사람들로, IP Book 출간을 위해 뭉쳤다. 결과물이 책(Book)이기도 하고, 새로운 사업(B 안) 탐색을 위한 것이라 팀명을 '프로젝트 B'로 지었다.
김윤지와 김민경은 서로의 가장 오래된 친구로 'UMZI Creative Lab.'을 만들어 본 책 IP를 기반으로 사업 구상 중이다. 꽃김은 본 책을 출판한 '칼론'의 대표로, 삽화와 디자인을 총괄했다. 오상아는 본 책의 북 트레일러 영상을 기획 및 제작했다.

김윤지
기획하고 계획하고 모으고 정리하는 것을 좋아한다. 빨리 쓰고 끝없이 고친다. 이것저것 배우러 전국 방방곡곡 돌아다닌다. 주변에서는 이제 그만 좀 배우고 배운 것을 좀 써 보라고 성화다. 바탕화면 IP 기획 파일에 총 33개의 이야기 개요가 있다. 이제 하나씩 꺼내고자 한다.
umzicreativelab@gmail.com

김민경
것(the thing)과 겉(the surface)
실존하는 '것'들의 보이는 '겉'면과 그 아래에 숨어 있는 진짜 이야기의 차이를 유쾌하게 풀어내고 싶다. 단어의 '겉'을 벗겨내고 그 이야기의 깊은 '것'을 드러낸 내면의 이야기를 공유하고자 한다. 함께 이야기를 나누고 새로운 것을 발견해 나가며 소통과 협력을 하고 싶다.
jessiekim1013@gmail.com

꽃김
한국화를 전공하고 작가로 활동하며, 복합문화공간 '칼론'을 운영한다. 발달장애인 창작자와 예술적 교감을 위한 프로젝트(미술 교육, 전시, 여행, 출판 등)를 진행한다. 지구 만물에는 각자의 쓰임이 있다고 믿으며 그 쓰임을 찾기 위해 다양하고, 아름답고, 즐거운 일을 한다.
kalonoffice@naver.com

오상아
이것저것 관심이 많은 한국 나이 25세. 그림 그리고, 글 쓰고, 사진 찍고, 영화 본다. 세상에서 가장 멋진 사람은 당장 뛰어나갈 수 있는 사람이라고 생각한다. 이쯤 되면 인력사무소 1등 직원 가능하다.
cauagnas@naver.com

창작에 도움주신 분들 (가나다 순)

강민우	강훈구	고호관	공상혁	곽진무	권정미	궤도
길종철	김건우	김구범	김기홍	김다혜	김미리	김민정
김상국	김상래	김성철	김세웅	김소연	김시안	김신희
김애란	김양균	김언수	김연희	김영덕	김영웅	김유진
김은성	김지숙	김창규	김태라	김태훈	김현규	김현정
김효연	남순아	노명훈	민광숙	민병채	박규상	박명석
박상준	박상희	박세훈	박순우	박예소	박유현	박은영
박지희	박한영	박해수	반민주	백승화	백화진	서동민
서준원	서현미	신은주	안병현	안정용	양길식	예병일
오남진	오미라	오수정	오원교	옥수권	원종국	유정하
윤시연	윤여경	이명현	이서영	이선영	이소영	이연경
이원영	이정민	이정우	이주령	이지수	이지영	이지원
이진효	이호진	이훈재	임경숙	임공삼	임석희	임신영
임유진	임종세	임호영	장유진	장현정	전영학	정동현
정보라	정서영	정인희	조수정	조유현	㈜일영	주찬옥
차정현	최미혜	최배은	최선옥	최시한	최안나	최연정
최은혜	최준식	최지아	최지혜	표국청	하상훈	하정주
한소정	현명진	황보정	황정언			

제목에 영감을 준 박한영 님께 감사드립니다.
피아노 연주 곡 앨범 [내가방에두고싶은것들]을 응원합니다.

내가방에두고싶은 판타지아
UMZIPS Vol. 01

2023년 11월 30일 초판1쇄 인쇄 펴냄

지은이 김윤지
펴낸이 김미화
펴낸곳 칼론
출판신고 2023년 8월 10일 (제2023-000051호)
주소 (05373) 서울특별시 강동구 천호대로 1138-18, 1층(성내동)
연락처 010-2606-8936
기획 엄지크리에이티브랩 with 프로젝트 B
마케팅 김민경
디자인 박찬미
교정교열 프루프 앤
삽화 이지영(인스타그램 @ijiyeong8579)
　　　하정주(인스타그램 @hajungju, zzz1004jang@naver.com)
북트레일러 오상아(인스타그램 @sangadraw), 김도은(인스타그램 @d_eun22)

© 김윤지, 2023
ISBN 979-11-985337-0-8　　03810

저자와 출판사의 허락 없이 내용의 일부를 인용하거나 발췌하는 것을 금합니다.
가격은 뒤표지에 있습니다.
잘못 만들어진 책은 구입처에서 바꾸어드립니다.

이 도서는 부천스토리텔링아카데미 1기 졸업생을 위한 「2023년 부천 문화콘텐츠 성장지원 플랫폼」의 사업화 지원금으로 제작되었습니다.

집필 공간을 제공해주신 강원도 정선군 여량면 [2023 월간 아우라지 문학관 레지던시 프로그램]에 감사드립니다.